# スイートホームは実験室!?

幼い頃、春花《はるか》は夢見ていた。

大きくなったら、可愛いお嫁さんになることを。優しくて、頼りになる男の人と結婚して、ずっとずっと幸せに暮らすことを。

それは、女の子なら誰もが思い描くであろう、薔薇《ばら》色の未来。

でも、誰でも叶えることができるかというと、それは微妙なところだ。

もうすぐ二十七歳になろうとする今、春花はすっかり受け入れている。

自分が可愛いお嫁さんにはなれそうにないこと。

そして、神様は不公平なのだという現実を——


「もう、本当に失礼しちゃう。僕より背の高い方はちょっと……ですって。それなら最初に言いなさいよねえ。前もって釣書《つりがき》を渡して、お見合いをセッティングしてるんだから」

三月下旬の日曜日。母親の親友である三杉聡子《みすぎさとこ》が、早朝から八尋《やひろ》家を訪れている。

先週、春花は彼女の世話で見合いをした。その結果を春花達に伝えるため、彼女は目黒《めぐろ》の自宅から日暮里《にっぽり》まで、車を飛ばして来たのだ。

「ねえ、春花ちゃん。あんな人は忘れて、次行きましょう、次！」

彼女は恰幅《かっぷく》のいい身体を揺すり、本気で怒っている。築三十年の二階建て家屋が倒壊しそうな勢いだ。

「う、うん。そうだね、聡子さん」

春花はとりあえず頷くが、どんな顔をすればいいのか分からない。五回目のお見合い失敗は、さすがに情けなかった。

「今度こそ、絶対にいい人探してくるからね。勤め先でもいろんな人に声かけてあるから」

「勤め先って、大学の事務所の方に？」

母の静花《しずか》がコーヒーとトーストを居間に運んで来た。朝陽が差し込む部屋に、いい香りが漂《ただよ》う。

「そうそう、明都大《めいとだい》の総務課ね。でも、事務の人ばかりじゃないのよ。この間なんて、研究室に資料を配るついでに、教授達にも頼んじゃった」

聡子は好物のシナモントーストをぺろりと平らげると朗《ほが》らかに笑った。さっきまでぷんぷんしていたのに、彼女は切り替えが早い。春花はほっとしつつも、今の発言には少し戸惑った。母も慌てたようにカップを置く。

「きょ、教授達って、そんな方々にまで。いくら何でもご迷惑でしょうに」

「大丈夫。いくら私でも、無理やり紹介してなんて言えないもの。それとなく世間話みたいな感じでね、気を遣わせないように頼んどいたわ」

聡子は強引な性格をしてはいるが、気配りの人でもある。春花は母と目を合わせ、胸を撫で下ろした。

「早く決まるといいわよねえ、春花ちゃんの結婚。そうしたら静花も安心して、再婚に踏み切れるじゃない。武志《たけし》さんも、天国でそう願ってるはずよ」

「う、うん。でも、そんなに焦らなくても」

母は困ったように笑うと、襖《ふすま》を開け放した隣の和室に目を向けた。奥に仏壇が置かれ、右側の鴨《かも》居《い》に遺影が飾られている。遺影の父は若く、凛々《りり》しい顔立ちをしている。

大らかで優しい人だったと、母や聡子が教えてくれた。子煩悩《こぼんのう》な父は春花の面倒をよくみて、可愛がっていたと言う。

「武志さんが突然亡くなってから、あんたは女手一つで春花ちゃんを育ててきた。私はその苦労を見てきたからね、遠慮なく次のステージに進んでほしい。ねえ、春花ちゃんもそう思うわよね」

「はい、それはもちろん」

父武志は、春花が小学校に入学する直前、交通事故に遭《あ》い亡くなった。それからの母は、生活のために、朝から晩まで必死に働く日々。

その母が昨年末、仕事先で知り合った男性にプロポーズされた。

しかし、春花を残して一人幸せになるのをためらい、再婚に踏み切れずにいるのだ。

春花としては、そんなことはまったく気にしていない。何一つ不自由なく育てられ、大学まで出してもらったのだ。苦労をかけた母には、遠慮せず再婚してほしいし、幸せになってもらいたいと思っている。それに、春花はもう大人なのだ。母が新しく家庭をもつことにも、自分が一人暮らしすることにも、何の問題もない。

とはいえ、一番いいのは自分も結婚して家庭を持つことだろう。そうすれば母も安心するはず。だから、聡子のすすめのもと、見合いをしているのだが……

「お母さんの親友として、最後の仕上げに協力させてもらうわよ。お見合い頑張ろうね、春花ちゃん！」

子育ての最後の仕上げが結婚なんて、今時レトロな考え方だと思う。けど、母が安心するならそれでいいと、春花は思っている。ただそれが、春花にとってかなりハードルの高い課題であるだけで。

（私をヨメにしたい男性なんて、いるのだろうか）

男の人は、可愛らしい女性が好きなのだ。砂糖菓子のように甘くて、ふんわりとして、守ってあげたくなるようなタイプが。

五回の見合い失敗で……いや、もっと前から春花はそのことを思い知っている。こんな容姿に生まれついたのだから、可愛いお嫁さんになるなんて絶対に無理。

（お父さんも背が高くて、骨太だったとか）

モカブラウンに染めた春花の髪はショートレイヤーで、女らしい色気はない。

（身長は一七五とちょっとだから、確かに高いよね。ていうより問題は、この肩幅の広さか。それとも二の腕の逞《たくま》しさ……）

春花という名前も、似合わなすぎてツライ。春に咲く花のように、愛らしい女性になりますようにと、父が付けてくれたのだけど。

自分そっくりの遺影をちらりと見やり、春花は神様の不公平を恨んだ。


聡子が帰った後、春花はスポーツクラブに出かけた。

クラブは浜松町《はままつちょう》の会社近くにあり、いつもは退社後に利用している。今日は同期社員の落合理子《おちあいりこ》に誘われたので、珍しく休日に泳ぐことになった。開発部に所属する彼女が、新製品を試着して評価してほしいというのだ。

（せっかくのお休みなのに、理子も仕事熱心だなあ）

春花が勤める株式会社レパードスポーツは、主にスポーツウエアの製品開発・販売を事業としている。入社してすぐ、春花は希望どおり営業部に配属された。契約するスポーツショップを中心に担当して、五年目になる。

ちなみに、男所帯の営業二課において春花は唯一の女性社員だ。ちょっと体育会系のノリの男性陣に囲まれながら、営業用のパンツスタイルで社用車を乗り回している。

休日の空は、よく晴れて陽射しも暖かい。電車の中でも、行楽に出かける家族連れやカップルを何組も見かけた。

「ホントにいい天気。デート日和《びより》って言うのかな」

春花は歩きながら、ビルのガラス窓に映る自分を、何となく眺めた。紺色のトレーニングウエアを着て、肩にはスポーツバッグをかけている。デートとはほど遠い格好だ。

ガラス窓から目を逸らし、歩道を速足で進んだ。

どうしても、もやもやしてしまう。

五回連続で見合い相手に断られた。その心の傷は、春花が思うよりずっと深かったようだ。

日曜日のスポーツクラブは、受付係の女性が平日と違っている。会員証を出すと、彼女は春花の顔をじっと見つめてきて、ぽっと頬を染めた。

「はい、八尋春花さんですね……って。え、女性？」

彼女は会員証の名前と春花の顔を交互に確認し、目を瞬《またた》かせている。

「ごっ、ご利用ありがとうございますっ。頑張ってください！」

「……どうも」

ひっくり返った声を出され、春花まで赤面しそうだった。会員証をバッグに仕舞うと、スニーカーを大股で進めた。

(プールで理子が待ってる。早く行こう)

「ねえねえ。あの人、めちゃくちゃかっこよくない？」

「やーん、ホントだ。SEVENAREA のカイトそっくりー」

急ぎ足でロビーを抜ける春花を、若い女性が注目してきた。

彼女達が口にしたアイドルグループを、春花も知っている。リーダーのカイトに似ていると、会社の女性社員によく言われるし、自分でもちょっとそう思う。

（うう……スカートを穿《は》いて来ればよかった）

休日のスポーツクラブは、受付係のみならず、利用する会員も平日とは異なっている。

更衣室に入ってすぐにトレーニングウエアを脱ぎ、春花は自分が女であることをアピールした。男性に間違えられて、大騒ぎになっては困る。

「あれま。アンタ女だったのかい。いやー、男前だねえ」

水着に着替え終わると、年配の女性が近付いてきてズバリと言った。心から驚いた様子に、春花は苦笑するしかない。

「おーい、八尋。こっちだよ」

プールに行くと、ストレッチ用スペースで理子が待っていた。スクール水着のような紺のワンピースが、彼女の目印である。

「ごめん、待った？」

「全然」

トコトコ近付いて来た理子は、小柄な身体を背伸びさせて春花を見上げ、ニッと笑う。

「実験体になりそうな、ガタイのいい男子を物色してたのよ。いろんな妄想が膨《ふく》らんで、時が経つのも忘れるわ。ふふふ」

「そ、そう」

よく分からないが、とても楽しそうだ。一体どんな妄想なのか……春花は深く追及せず、泳ぐ前のストレッチを始めた。

理子とは部署は違うが、新入社員研修で同じグループになり、仲良くなった。

有名な理工系大学出身の彼女は理知的で、他の女性社員とは雰囲気が違っている。愛想がなくて、口の利《き》き方もぶっきらぼう。最初はとっつきにくい印象だったけれど、話せば面白い人だった。

でも、どこか変人っぽいのは、いわゆるリケジョだからだろうか。

「何か言った？」

「ううん、何でも」

いやいや偏見はよくない。春花は反省し、慌てて首を振った。

「ふーん。ところで、新素材の着心地はどう？」

理子が春花の全身を見回す。

「うん、すごくいい感じ。最初はきつく締まるけど、動くたびにしっくりと馴染《なじ》んでくる」

「ふふん、そうでしょう。『野性のフォルム』というのが製品コンセプトだからね」

競泳用のハーフスパッツの水着は、学生時代水泳選手だった春花の身体にぴたりとフィットしている。この春、レパードのスイムウエアブランドが売り出したニューモデルだ。

開発部に所属する理子は、その研究チームの一員である。

「ブルーグレイに白のライン。流線型のデザインは、バンドウイルカをモチーフにしてるんだ」

「へえ、なるほど」

春花はあらためて、着心地のいい水着を見下ろした。このデザインなら海の生き物のように、すいすい泳げそうな気がする。一般のスポーツクラブで着ていても違和感のない色使いも、好印象だ。

「それじゃ早速、試してみるね」

「八尋選手の自己ベスト、更新できるかもよ」

「ええ？　まっさかあ」

春花はキャップとゴーグルを装着すると、プールサイドに向かった。

二十五メートルプールは、泳力《えいりょく》ごとにコースが分かれている。初級、中級者向けは平日より混んでいるが、上級者コースで泳ぐのは数人だった。

「ん？」

上級者コースで一人、目立つ人がいた。ストロークが美しい、キックも滑《なめ》らかなクロールだ。水しぶきをほとんど立てずに進んでいく。

「わあ、きれいなフォーム」

春花は呟くと、その人が被る銀色のキャップを目で追いながら、上級者コースへ移動した。

コースは右側通行の左回りで泳ぐルールになっている。上級者で立ち止まる人はおらず、水族館の魚のようにぐるぐる旋回している。

プールに入ると、銀色のキャップが向こうの壁でターンするのが見えた。春花はそのタイミングでスタートする。

(あれっ、何か調子いい。水着の効果かな)

ひとかきで一気に伸びる推進力を感じる。現役時代のような手応えだ。

途中で、銀色のキャップとすれ違う。一瞬だったけれど、フォームが美しいばかりではなく、力強い泳ぎであるのが分かった。

(気持ちよさそう。いいなあ、あの泳ぎ)

釣られるように、春花はピッチを上げる。何度もターンするうちに、胸のもやもやはいつしか消えていた。水の中にいると、春花は自由になる。広い海原《うなばら》をイメージして、伸び伸びするのだ。

中学・高校と水泳部に所属したのは、この解放感に魅《み》せられたから。肩幅が広くなったけれど、それでも泳ぐことが大好きだ。

コンプレックスもトラウマも、みんな忘れるくらい――

かなりの距離を泳いで、春花はストップした。まだまだいけそうだったけれど、コースが混んできたのだ。肩で息をしながら、泳ぐ人のじゃまにならないよう端に寄り、プールから上がった。

「ああ、楽しかった。この水着、最高！」

スイムウエアの進化に感動し、思わず声を上げる。製品評価を理子に報告するため、プールサイドを急いで歩き出した。と、その時。

「ぐっ……いたたた！」

右足のふくらはぎに激痛が走った。これは、筋《きん》けいれん――いわゆるこむらがえりの症状である。

あまりの痛さに動けなくなり、その場に立ちすくんだ。

(うわあ、どうしよ。ちゃんとストレッチしたのに、頑張りすぎたかな)

こんなところに突っ立っていては、じゃまになる。何とか移動しようとするが、痛すぎて動けない。

「君、無理をしてはだめだ」

低い声が頭の上で響いた。プールのスタッフかと思い、焦って顔を上げる。

銀色のキャップを着けたその人が、ゴーグル越しに春花を見つめていた。上級者コースで、きれいなフォームで泳いでいた人だと、すぐに分かった。

「すっ、すみません。今、どきます。ちょっと足がつってしまって……」

「そのようだな。ほら、私に掴まりなさい」

彼の口調はとても落ち着いている。戸惑う春花の腕を支えると、彼は一緒にゆっくり歩きプールサイドの端まで連れて行ってくれた。しっかりした支えのおかげで、春花の身体に負担がかからない。それどころかふわりと浮いて、羽根が生《は》えたような気さえする。

（わっ）

彼は自分より背が高く、体格もいい。その力強さに、春花はかつてない感動を覚えた。それに、こんなふうに女性として扱われるのは久しぶりで、緊張してしまう。

「あっ、ありがとうございます……ウッ」

自力で立とうとするが、ふくらはぎがピンと突っ張り、涙が出そうなほど痛い。足の指先が不自然な格好で固まっている。

「ここに座って、脚を前に出す。ゆっくりとでいい」

「えっ？」

彼は床を指差している。

こむらがえりを治してくれると言うのか。春花はとんでもないと手を振った。

「いいんです、そんな。ご迷惑をおかけしては」

「早く処置したほうがいい。放っておくと、痛みが長引くぞ」

それは、確かにそうだ。水泳選手だった春花も、応急処置の大切さはよく知っている。

「お願いします」

「うむ」

彼に支えてもらいながら腰を下ろし、右膝を伸ばした。

「よし。私に任せて、リラックスしなさい」

彼は真向かいにしゃがむと、春花の足首を軽く持ち、固まっている指先を片方の手で包む。そして、きちんと膝が伸びているのを確かめてから、ぐっと押してきた。

「……んっ」

「収縮した筋肉を伸ばす。ゆっくりと、慎重に」

ふくらはぎの痛みが徐々に治まっていく。彼の低い声は耳に心地よく、安心感を与えてくれる。

春花がホッとした顔になると、彼は手を離した。

「どうだ、少しは楽になったか？」

「はい、かなり楽になりました」

元気よく返事をすると、彼はちょっと笑った。ゴーグルをしたままなので目の表情は見えないが、優しい笑みに感じる。

（あ、よく見るとこの人、度付きゴーグルをしてる）

ということは、普段は眼鏡かコンタクトを着けているのだろう。鼻筋が通った顔立ちは知性的で、眼鏡が似合いそうな気がする。

春花はそんなことを考え、彼が男性であることを急に意識した。

年齢は三十歳くらいだろうか。親切で大人で、落ち着いている。穏やかな雰囲気といい、好きなタイプかもしれない。

「立てるか？　気を付けて」

「す、すみません」

立ち上がる時も、彼はさり気なく支えてくれる。春花を守る自然な仕草に、微《かす》かにときめいてしまった。

「ところで君。さっき、上級者コースで泳いでいたね」

「えっ、はい」

向かい合うと、彼はじっと見つめてきた。ゴーグルの表面には、春花しか映っていない。

「あ、あの……？」

「素晴らしい泳ぎだった。その水着も、よく似合っている」

「え……」

ストレートすぎる言葉に、反応が遅れた。今のは、褒《ほ》めてくれたのだ。

（私の泳ぎを？　それに、水着が似合うだなんて）

「や、そんなことはない……かと」

春花は恥ずかしくてもじもじするが、彼は真剣そのものである。それならば、こちらも真面目に応えなければ失礼だ。

「ありがとうございます。嬉しいです」

「うむ」

彼は深く頷くと、一歩前に踏み出した。急激に距離が縮まり、春花はドキッとする。

(え、なに。どうして、こんな近くに)

とある予感が胸をよぎった。

今の褒《ほ》め言葉には、もっと深い意味がある？　信じられないけれど、この接近はそうとしか思えない。つまり、彼は男性として私のことを……

ゴーグル越しに感じる熱い視線に射貫かれ、春花は動けなくなる。

「君はまるで……」

ため息のような声で、一体何を言うのか。早鐘を打つ胸を必死で押さえ、期待を封じ込めようとした。私を口説《くど》くだなんて、そんなこと絶対にあり得ない。

「かいじゅうのようだ」

「……へ」

怪獣――？

春花はこれまで、平均以上の背丈や体格、中性的な容姿について、男子にからかわれてきた。ノッポだとか、東京タワーだとか、オトコオンナだとか。

だけど、それもせいぜい中学時代まで。彼のような大人の男性がそんなことを口走るなんて信じられない。

「あ、あの、今のって……どういう意……」

「君のような女性がこの世にいたとは。まさに奇跡だ」

「はあ？」

さらに呆然とする。この人は面と向かって、春花のことを愚弄《ぐろう》している。しかも真剣に、冗談のかけらもなく、本気で。

（要するに、泳ぐ姿が怪獣だったってこと？）

そういえば、グレイの水着は怪獣色と言えなくもない。なるほど、そういうわけだったのか。

春花は拳を握りしめ、衝撃に耐える。だが彼は、不穏な空気にまるで気付いていないようだ。

「実に興味深い。ぜひ、名前を聞かせてくれないか」

（冗談じゃない！）

こんな人にときめきを感じてしまったバカな自分が、心底いやになる。

「私、これで失礼いたします。どうも、ありがとうございました」

こむら返りを処置してくれたお礼はする。でも、名前を教えるなんてごめんだ。春花は質問を無視して立ち去ろうとした。

「どしたの、八尋。何かあった？」

「ひっ」

蛸《たこ》の頭がにゅっと出た——と思ってよく見たら、赤いシリコンキャップを被った理子だった。

「び、びっくりした。いつからそこにいたの？」

「ついさっきから。この人、誰？」

理子は彼を目で示し、ぶっきらぼうに訊《き》いた。見知らぬ男に対し、どこか警戒する目つきである。

「あ、この人は……」

「君は、『やひろ』というのか」

彼は前のめりになって、春花に確認した。理子に呼ばれた名前を聞いたらしい。

「そうです。でも、忘れてください」

くるりと背を向けると、理子の手を引っ張り、出口へまっすぐに進む。「八尋さん！」と彼が呼ぶけれど、絶対に振り向くものか。

怪獣だなんて——

怪獣だなんて！

失礼にもほどがある。

「どうしたのさ。八尋が怒るなんて、めっずらしー」

「……」

理子の指摘に、春花は言葉を詰まらせる。なぜこんなにも腹が立つのか、分かっているのだ。

五回の見合い失敗という大怪我。

傷付いた心にトドメを刺すような、痛烈な出来事だった。


翌日の月曜日。

昨日のダメージが後を引き、朝起きるのも億劫《おっくう》だったけれど、仕事を休むわけにいかない。それに、忙しくしていたほうが気がまぎれる。春花はいつものように出勤し、仕事をこなした。

「おい、八尋。さっきお前のファンが来てたぞ」

「ファン？」

夕方過ぎに外回りから帰ると、先輩社員が面白そうに声をかけてきた。デスクの上を見ると、カラフルなラッピングバッグが置いてある。

（あ、もしかして）

添えられたカードに、Happy Birthday の文字。今日は春花の誕生日である。

「何課の子か知らんが、二人の女子。『私達、八尋センパイの大ファンなんですぅ』だってさ」

カードを開くと、可愛らしい丸文字が並んでいる。中身は手作りクッキーのようだ。

「あれ、名前が書いてないですね」

「こっそり見てるのが好きだからって、名乗りもしなかったぜ。お礼もいらないそうだ」

「そ、そうなんですか。どうもすみません」

春花は複雑な笑みを浮かべつつ、プレゼントをバッグに仕舞った。

（そっか。私、二十七歳になったんだ）

「お前が入社するまで、俺が人気ナンバーワンだったのになあ」

パソコンで業務報告書を作成する春花に絡んできたのは、六つ年上の神林《かんばやし》だ。彼は優秀な営業マンであることに加え、背が高くてイケメンで、モテ要素満載の人である。

「なんで俺には、プレゼントくれないんだろ」

「先輩は結婚してるからでしょう」

分かってるくせに、毎度同じことを訊《き》いてくる。悪い人ではないけれど、ちょっとめんどくさい。

「あんな素敵な奥さんがいるのに、贅沢《ぜいたく》ですよ」

「ははは、なに言ってんだよ。素敵だなんてそんな、照れるじゃないか」

神林が年貢《ねんぐ》を納めたのは去年の秋。彼が奥さんに夢中になり、惚《ほ》れ抜いて一緒になったとのこと。幸せ絶頂の新婚さんは、ことあるごとにノロケてくる。

そして、お決まりのアドバイス。

「八尋。女っていうのはな、求められてナンボだよ。男に愛されて、大事にされて、守られる。それが究極の幸福ってもんだ」

「……はあ」

神林は意外に古風なのだ。今の時代にそぐわない考え方だが、その熱弁には説得力がある。

「お前を気に入って、どうしても結婚したいってやつが現れたら迷わずヨメにいけ。そうすれば、俺の奥さんのように満たされた生活が送れる」

「自分で言ってりゃ、世話ないよ。八尋、適当に聞いとけよ」

近くにいた上司がちゃちゃを入れ、周囲で笑いが起きる。神林はさすがに恥ずかしくなったのか、大人しく自分の仕事に戻った。

(まあ、そんな人が現れたら……の話だよね)

報告書を作成し、明日の準備を整えてからオフィスを出た。それほど遅い時間ではないが、既に日が暮れている。

駅へ向かって歩きながら、春花は小さなため息をついた。バッグの中で、見知らぬファンからのプレゼントが、がさごそと音を立てている。

(……二十七歳、か)

苦い思い出が胸をよぎる。あれから十二年も経つのだ。

中学二年の秋、春花は同級生の男子に告白された。彼はサッカー部に所属するスポーツ少年で、女子に人気があった。どうして自分を好きになったのかと不思議に思いながらも、明るく積極的な彼に惹《ひ》かれ、付き合うようになる。

春花にとって初めての彼氏であり、初めての恋だった。

当時、春花は背がさほど高くなく、平均的な体格をしていた。彼のほうが目線は上で、ごく普通の、バランスの取れたカップルだった。

ところが、中学三年になった途端、急に春花だけが成長し始めたのだ。顔立ちも父親に似て凛々《りり》しく、大人びてきた。春花が女子の人気を集め、目立つようになったのもこの頃からだ。

体育祭では、春花が恵まれた体格を生かして大活躍。文化祭の劇では男役をあてがわれ、それが女子に大好評。特に下級生にキャーキャー騒がれ、まさにアイドルだった。

気が付くと、春花の目線は彼より高くなり、そして彼より女子にモテるようになっていた。冬になる頃には、彼との会話は激減し、デートの誘いもなくなった。いつしか彼の目つきは、ライバルを睨《にら》むそれになっていた。

そして、卒業を目前に控えたある日の午後、春花は別れを告げられる。

——お前は可愛げがないんだよ。

彼の背後には、新しい彼女がいた。小柄で、可愛くて、甘い甘いケーキのような女の子。

その出来事は春花を傷付け、深いトラウマとして胸に残った。

「もう、そんな昔のこと考えたって仕方ないよ」

春花は頭を強く振り、しつこい記憶を追い払う。

駅に着く頃、ポケットのスマートフォンが鳴動した。発信者を確かめると、母親からである。

「もしもし？」

『あ、ごめんね春花。そろそろ退社する頃かなと思って』

「うん、さっき会社を出たとこ。どうしたの？」

『あのね……聡子が今、家に来てるの』

春花はビクッとした。昨日の今日で、一体何の用事があるのか。まさか、また見合い話を？

ずーんと心が重くなる。当分、見合いなんてしたくない。

『大学から直接こっちに来てね、とにかく、すごく鼻息が荒くて……あ、ちょっと待ってて』

電話を交代する気配がして、直後、勢いのある声が春花の耳を襲う。

『春花ちゃん、私よ、聡子。ちょっと、早く帰ってらっしゃい。とーってもいいお話があるの』

（やっぱり……）

生き生きとした聡子の顔が、目に浮かぶようだ。気が重いけれど、彼女の親切を無下《むげ》にするのは、やはりためらいがある。

「そう、なんだ。聡子さん、いつもありがとうね」

『どういたしまして。親友の娘は、私の娘も同然。今度こそ間違いない相手だからね、期待していいわよお。もう、私が結婚したいくらい』

「え……」

聡子がそこまで言うのは初めてだ。それに、いつにも増してテンションが高い。

『とにかく、寄り道しないでまっすぐ帰りなさい。じゃ、待ってるからね』

ほぼ一方的に通話は切れた。

（六回目のお見合いかぁ）

しかも、強引に進められそうな予感がする。

スマートフォンをポケットに戻すと、春花は足取りも重く家路をたどった。

「お帰りなさーい！」

玄関ドアを開けるやいなや聡子が飛んできて、春花を廊下に引っ張り上げた。

「ちょ、ちょっと待って。まず、靴を脱ぐから」

「んもう、早く早く」

居間では母が待っていた。聡子とは対照的に、落ち着いてソファに座っている。だがその表情は少し心配そうだ。

「今ね、お母さんには大体のところを伝えたんだけど、あらためて話すわね」

聡子は母と並んで座り、春花はその向かい側に腰かけた。

襖《ふすま》が開け放された隣の部屋から、線香の香りが漂《ただよ》ってくる。そういえば、今日は父の月命日だ。仏壇に目を向けると、父の好物だったという羊羹《ようかん》がお供えしてあるのが見えた。

「春花ちゃんのお見合い相手なんだけど、何と立候補者が出たのよ」

「立候補者？」

「昨日も言ったけど、私の勤め先で、いい人がいたら紹介してって頼んでおいたのよ。事務所の人ばかりじゃなく、教授達にもね」

「もしかして、教授の紹介？」

「ふふん。まあ、そうね」

聡子の勤め先である明都大学は、偏差値の高い、私立の総合大学だ。都内数か所にキャンパスを有している。

春花は少し不安になってきた。教授の紹介ということは、明都大を卒業し、今は何らかの仕事に就いている社会人――しかも、かなりのエリート男性と思われる。

春花が卒業した大学は平凡なランクであり、明都大とは比べものにならないのだが、いいのだろうか。

「その人、私の釣書《つりがき》をちゃんと見たのかな？　あと、写真も」

「もちろん、早速渡しておいたわ。この前みたいなことがあるとアレだから、背丈のことも念を押して。もっとも、彼はあなたより背が高い人だけどね」

聡子は身を乗り出し、自信なさげな春花の肩をぽんぽんと叩く。その人は、すべて納得の上で立候補しているらしい。

「どんな方なのかな」

疑問が湧くけれど、自分より背が高い人というのは安心材料だ。黙り込んでいる母の態度が気になるが、とりあえず聞いてみようと思う。

「実はね、春花ちゃん。その人というのは、私が紹介を頼んだ教授本人なの」

「……はい？」

「明都大学海洋学部海洋生物科学科の准《じゅん》教授、更科陸人《さらしなりくと》さん。都内在住・横浜市出身の三十六歳。ご家族は、会社役員のお父様と、専業主婦のお母様が横浜にお住まいよ。兄弟はいません。それから、ええと……職場は明都大芝浦《しばうら》キャンパスだから、春花ちゃんの会社に近いわね。ご自分の研究室をお持ちで、専門は海の生き物」

「そう、なんだ」

何も考えず、口だけで返事した。大学の先生という別世界の人間を持ち出され、頭がうまく働かない。つまり、その准教授が立候補者ということで――

「え……ええっ？」

ようやく意味は掴めたけれど、わけが分からない。どうして、なぜそんな立派な人が、自分の見合い相手なんかに？

「あの……聡子。とてもいいお話だと思うわ。でも、住む世界が違うというか」

春花の戸惑いを、母が代弁してくれた。というより、母自身が思わぬ相手を示され、腰が引けている。八尋家は、高度な学術世界とは無縁の、凡庸《ぼんよう》な家庭なのだ。

「それに、春花より十も年上だし、どうなのかしら」

「あのね。よく聞きなさい、あんた達」

聡子は咳払いすると、どんとテーブルを叩いた。

「住む世界だとか年齢だとか、そういう問題じゃないの。更科先生が春花ちゃん本人を気に入って、ぜひ、嫁にほしいと求めている。このお話の素晴らしいところは、そこなのよ」

春花はふと、神林に言われたことを思い出す。

(女っていうのは、求められてナンボ……か)

考えてみれば、これまで紹介された相手は、どちらかと言えば淡々としていた。会うだけ会ってみましょうという、事務的な流れで見合いに至った気がする。

春花のほうも、乗り気というほどではなかったから、おたがい様と言えばそれまでだが。

「それに、大学の先生と言っても、この方は全然偉ぶったところがないし、いい人だって学内でも評判なのよ。仕事熱心で、真面目で、学生の信望も厚いって、他の教授達も太鼓判を押してた。あとね、年齢は三十六だけど、全然問題ないからね。とっても若々しくて、その上理知的なイケメンだから、女子学生に人気なの。そうそう、特に文系の子にファンが多いって話を聞くわ。だから、私が結婚したいくらいだって言ってたでしょ」

「まあ、あなたは昔から面食いだものね」

はしゃぐ聡子に呆れながらも、母はやや安心の面持ちになる。

だけど、当事者である春花はいま一つ腑《ふ》に落ちない。彼はすべて納得の上で立候補したというが、本当だろうか。

「でも、釣書《つりがき》と写真だけの情報で、どうして私を気に入ったのかな」

顔立ちや背の高さを、特に気に入ったとは思えない。かといって学歴・職歴も平凡だし、趣味や特技も『水泳』のみ。男性の心を捉えるような、女性としての魅力は皆無だ。

「うーん。そこのところは、あなたに直接伝えたいと仰《おっしゃ》ってるの。照れくさいのかしらね」

聡子は首を傾げるが、目つきは春花を冷やかしている。疑問は残るけれど、その男性が春花に好意的だというのは分かった。

「とにかく、一度会ってみなさい。更科先生と直接お話しして、お付き合いするかどうか決めたらいいわ。何度も言うけど、あなたは彼に求められてるんだから」

「う、うん」

神林の声が頭の中で反響している。求められてナンボ――

なぜ求められるのか、理由は謎だけれど、確かめる価値はあるかもしれない。

「それなら、会ってみようかな」

「よく言ってくれたわ、春花ちゃん！」

聡子はソファから飛び上がると、恰幅《かっぷく》のいい身体を揺すって喜んだ。

そして、間髪《かんはつ》容《い》れずにスマートフォンを取り出す。

「お見合いの日時を決めちゃいましょう」

「ええっ？」

あまりの素早さに、春花も母も呆気にとられる。当人を置き去りに、どんどん話を進めるのは聡子らしいやり方だけど、今回はまた極端だ。

「ま、待ってよ聡子。だってまだ、お相手の写真も釣書《つりがき》もない状態で、そんな」

母が抗議をすると、聡子は画面をタップしながら、首を左右に振った。

「更科先生はお忙しい身なの。フィールドワークでお留守の時も多いし、悠長なことは言ってられない……あ、もしもし。わたくし、総務課の三杉です」

強引に進められそうという予感は、大当たり。六回目のお見合いが段取りされようとしている。

「どうしよう、お母さん」

「こうなったら、誰にも止められないわ。聡子だもの」

聡子の親友である母が言うのだから、仕方ない。春花は、満面の笑みでやり取りする様子を見守るほかなかった。

「えっ、そうなんですか。明後日から研究所のほうに……ということは……はい、あの、少しお待ちくださいね」

聡子は電話を保留にしてキョロキョロし、壁のカレンダーを見つけると指を差した。

「更科先生が、明後日から千葉の研究所に出張なの。戻ってくるのは二週間後だから、できれば明日の夜に会いたいって」

「明日？」

急すぎる展開に、春花は母とともにオロオロするが、聡子は「早く早く」とせかしてくる。

二週間後というと、かなり先に感じられる。春花は、自分のことだから、その間ずっと緊張して過ごすだろうと予見した。それなら、いっそすぐに会ったほうが気楽では？

「はい、お願いします」

瞬間的にリスクを計算し、返事をしていた。母が驚いた顔をするが、春花自身もビックリしている。

聡子は指でＯＫサインを作ると、相手方と打ち合わせを始める。

互いの都合をすり合わせ、話はまとまった。

明日、三月二十九日の午後七時。銀座の日本料理店にて、二人で会うことになった。平日の夜にお見合い。しかも、二人きりというのは初めてだ。

堅苦しいものにしたくないという、相手の意向を尊重したとのこと。

「ああ、よかった。スムーズに決まったわね」

聡子はスマートフォンを仕舞い、額《ひたい》の汗を拭《ぬぐ》っている。急な展開に戸惑ったけれど、一生懸命世話してくれる彼女の気持ちがありがたい。春花は素直に、この成り行きを受け入れた。

聡子を見送るため、一緒に外に出る。赤のセダンが、八尋家の門灯《もんとう》に照らされていた。

「あ、一つ言い忘れてた。あのね、春花ちゃん。更科先生のことだけど」

「うん？」

聡子はちらりとこちらを見向く。

「教授としても研究者としても立派な方なんだけど、ただ、ちょっと……」

語尾がすぼまり、よく聞きとれない。春花は一歩近付き、耳を寄せた。

「ただ、ちょっと？」

「ちょっとね、変わったところがあるらしいの」

「はい？」

聡子はにこりとするが、どこかわざとらしく見える。彼女が車に乗ると、春花は助手席側から覗き込んだ。聡子が渋々といった感じで窓を開ける。

「あの、聡子さん。変わってるって、どういう……」

「大丈夫、単なる噂よ。ほら、頭のいい人って考えることが違うとか言うじゃない。そう、個性的って意味だと思うわ」

個性的？　それも気になる言い方だ。

「とにかく、会ってみれば分かることよ。それより、春花ちゃん」

春花の質問を脇に押しやると、聡子はきりっとした視線を向けてくる。

「このお見合いは絶対に成功させなさい。こんないいお話、これから先もあるとは限らない。いいえ、二度とありはしないわ。頑張ってちょうだい」

「は、はい。でも、さっきのこと……」

「ごめん、気にしないで。先生はちょっと変わってるけど、いい人よ！」

やっぱり変わってるんだ。具体的に訊《き》こうとするが、聡子はエンジンをかけると、すぐに発進してしまった。

（もしかして……今のって、後出しジャンケンでは？）

昔ながらの住宅街は外灯も寂しく、遠くまで見通せない。テールランプはあっという間に小さくなり、やがて夜に消えてしまう。

走り出した車は、もう止められなかった。


翌日、春花は早めに仕事を終えることができた。会社の最寄駅から銀座までは電車で二駅だから、余裕で間に合う。更衣室でゆっくり着替えて、丁寧に化粧直しをしても時間が余るくらいだ。

姿見の前で全身をチェックする。クラシックな藍色のワンピースは、英国製のブランド服だ。見合い用にきちんとした服を用意するべき、と聡子にアドバイスされ、最初の見合いをする直前に購入した。

シルエットが美しく、生地も上質で着心地がいい。シックなイメージだけれど、可愛らしさも感じさせる。レースに縁どられたV字襟が、肩幅を狭く見せてくれるのも嬉しい。

初めてのブランド服は、お気に入りの一着になった。

だけど春花は、この服を見合い以外で着ることはない。ワンピースは春花にとってお洒落《しゃれ》すぎるアイテムだし、着て行く場所も思い付かないから。

（それにしても、更科陸人さんって……一体、どんな人なんだろ）

コートを羽織りながら、聡子の後出しジャンケンを思い出す。

本日の見合い相手について、『ちょっと変わってる』と彼女は言った。『ちょっと』がどの程度なのか、春花には見当がつかないのだ。

大学の立派な先生。しかも理知的なイケメンで、女子学生の人気を集めているとか。そんな人がなぜ三十六になるまで独身なのだろう。考えてみれば、妙な話である。

「あれ、めずらしく早いね」

更衣室を出たところで、理子とばったり会った。彼女はまだ仕事中のようで、製品のサンプルや資料を手に抱えている。

「どっか行くの？」

「あ、うん。ちょっとその……食事に」

「ふーん」

お見合いとは言いづらくて返事を濁《にご》すが、理子はそれ以上追及してこなかった。彼女は人のプライベートに関心が薄く、噂話のたぐいもスルーしている。研究に関することなら、グイグイ突っ込んでくるけれど。

（そういえば、理子も理系の人だよね）

研究者らしく白衣を身に着けた彼女を、あらためて見返す。

今夜会う更科陸人は、理系学部の准《じゅん》教授だ。もしかしたら彼も、理子と同じ典型的な理系タイプかもしれない。そういう意味での『変わっている』なら、春花には許容範囲である。

「ところで、日曜日はサンキューね。高評価をもらって、皆も喜んでるよ」

「ああ、どういたしまして」

試着を頼まれた水着の話だ。着心地のほか、他の客とのデザインバランス等について既にレポートを提出している。

怪獣色の水着——あの日の出来事を思い出すと、春花は複雑な気分になる。しかし、これも仕事の一環。私情を挟まず、水着の着ごこち等を評価した。

「私なんて現役選手でもないのに、お役に立てたかどうか」

「いやいや、十分参考になりました。それに、スポーツクラブではガタイのいい男子を観察できて楽しかったし。ふふふ……いい実験体が何人も……」

理子は低い声で呟くと、不気味に笑った。

(マ、マッドサイエンティスト?)

普段はいい友人だが、研究のこととなると、やはり近寄りがたい。

許容範囲じゃないかも——と、春花は思い直した。

理子がチラリと腕時計に視線をやる。

「ごめん、理子。引き止めちゃって。そろそろ行くわ」

「うん、またね」

変人っぽくても、理子はいい友達。見合い相手の彼だって、案外いい人かもしれない。

春花は自分に言い聞かせると、銀座へ向かった。


日本料理店『銀座　桃の里』は、中央通りに面した商業ビルの十階にある。

夜空に伸びる細長い建物を見上げ、春花は小さく深呼吸した。

これまでの見合いは母親や聡子が同伴してくれたが、今日は一人きりだ。銀座という洗練された街の華やかさに、気持ちも呑まれている。

（緊張するなあ。でも、帰るわけにはいかないし）

萎《な》えそうな心を励ましながら、ビルの入り口を潜《くぐ》った。

午後六時四十五分。少し時間が早いが、店の中にそっと足を踏み入れ、店員に声をかけてみる。

「すみません、七時に予約してあるのですが。えっと……『更科』という名前で」

「更科様ですね。はい、二名様のご予約を承っております。どうぞ、こちらへ」

着物姿の店員はにこやかに笑うと、席へ案内した。

店内は半個室のテーブル席と、個室の座敷席に分かれている。春花が通されたのは個室のほうで、奥まった位置にあった。

「お連れ様がお見えになるまで、しばらくお待ちください」

店員が引き戸を閉めると、フロアのざわめきが遮断されて静かになる。春花は息をつき、とりあえずバッグを肩から下ろすと、コートを脱いだ。

部屋はそれほど広くはないが、窓が大きく、開放的な雰囲気なのが好ましい。掘りごたつ式のテーブルが設《しつら》えられている。春花は正座が苦手なので、これはありがたかった。

それほど気取った店ではなくて、正直ホッとしている。

（あ、そういえば……）

見合いを堅苦しいものにしたくないと、更科陸人が要望したことを思い出す。この店を予約した彼に対し、春花は好感を持った。

（それに、もしかしたら銀座を選んだのは、私の職場に近いようにと気を遣ってくれたのでは？）

大学の立派な先生で、ちょっと変わり者。だけど、本当にいい人なのかもしれない。

ポジティブ思考になったところで、引き戸の向こうから声がかかった。

「失礼いたします。お連れ様がお見えでございます」

「はっ……はい！」

コートをハンガーにかけると、慌ててテーブルの前に正座した。

いよいよ六回目の見合いが始まる。引き戸が開くのを、固唾《かたず》を呑んで見守った。

「こんばんは、お待たせいたしました」

低い声が聞こえて、春花は再び緊張を覚えた。

店員が引き戸を全開にして脇に退《ど》くと、その人は部屋に入って来る。春花は頭を下げた。

「こんばんは。いいえ、私も今着いたばかりですので」

「そうか。それはよかった」

(ん……?)

親しげな口調に、春花は続けようとした言葉を止める。この喋《しゃべ》り方、最近、どこかで聞いたような? そう思い、ゆっくりと顔を上げる。

濃紺のスーツを着た、背の高い紳士。豊かな黒髪を七三に分け、ふわりと流している。きりっとした眉、美しい鼻梁《びりょう》、フルリムフレームの銀縁眼鏡に、奥二重《おくぶたえ》のクールな眼差しが覗く。

こんなイケメン、見たことない。

思わず見惚《みと》れる春花の前に、彼は正座した。

「後ほど、お飲物のご注文を伺いにまいります」

店員が下がり、引き戸を閉める音がすると、彼は赤い幾何学《きかがく》模様のネクタイを軽く直した。春花は居住まいを正し、あらためて正面から向き合う。

いや、やっぱりどこかで見たことがある。確信はないけれど、本能がざわつくようなこの感覚。

「あの……更科陸人さん、ですよね?」

思わず口から零《こぼ》れたのは、本物かどうか疑うような、不躾《ぶしつけ》な質問だった。

しかし、彼は特に気にするふうでもなく、普通に受けて答える。

「そのとおり。そして君は、八尋春花さんだ」

間違いなく、本日の見合い相手のようだ。聡子から聞いた、更科陸人の特徴とも重なる。

春花より背が高く、一八五センチはあるだろう。年齢は三十六だそうだが、もっと若く感じられる。端整な顔立ちは理知的で、見れば見るほどイケメンである。女子学生に人気があるのも頷けた。

だけど、この違和感は何なのか。どうしても、初めて会った気がしないのだ。

「ふむ……」

更科は人差し指で眼鏡の位置を正すと、考える顔になった。春花について深く思考するかのように、じっと見つめてくる。

「やはり、この姿では分からないかな」

「え？」

今度は春花が、彼をじっと見つめた。

「八尋さん」

「は、はいっ」

「先日は、失礼いたしました」

「……」

やはり、どこかで出会っている。でも、どこで？　大学の先生と知り合う機会などない。

(それに、この姿では分からない……って、どういうこと)

思い出せそうで、思い出せない。春花はもどかしかったが、彼は落ち着いた様子で話を続けた。

「ふくらはぎの具合はどうだ。痛みが長引かなければいいと、心配していた」

「ふくら……はぎ？」

その言葉が呼び水となり、一気に記憶が蘇《よみがえ》る。

もう一度、穴が開くほど更科陸人を見つめた。黒髪を銀のキャップに、眼鏡をゴーグルに変えてイメージする。そこに出現したのは、スポーツクラブで出会った彼——

春花を怪獣よばわりした、無礼な男が目の前にいた。

「まさかそんな。あなたが、あの男って。え……ええーっ？」

五回の見合い失敗で落ち込む春花にトドメを刺した、あの出来事。それを春花は忘れていない。

その彼が、どうして、なぜ、この場にいるのか。それも、六回目の見合い相手として！

「ちょっと、すみません。これは何か、悪い冗談でしょうか。そうですよね？　だって、あなたが私と見合いするなんて、あり得ないですし」

「ほう、なぜだ」

更科は心底不思議そうにする。なぜだなんて、よくもしらじらしく言えたものだ。

「なぜ、そう思う。私は君をとても気に入って、三杉さんに紹介してもらったんだ。彼女から聞いているはずだが？」

そうだ、そこのところがおかしいから、あり得ないと言うのだ。

彼は片膝を立てて身体を起こし、迫ってくる。春花は後ろに手をつき、仰《の》け反《ぞ》る体勢になった。

眼鏡の奥で光る、鋭い目が怖い。

「どっ、どうして私を気に入ったのか、それは聞いていません。あなたが、直接私に話すと言ったんですよね」

「ふむ、そうだ。君が何か誤解しているようだから、スポーツクラブでの件はあえて明かさず、紹介を頼んだ。まず会ってもらわなくては、どうしようもないからな。とにかく見合いに持ち込み、直接話すことにしたのだ」

――君は、『やひろ』というのか。

彼が呼び止めるのを、春花は無視した。はっきりと怒った態度だったから、彼は策を講じたというのか。

「『やひろ』という苗字に、おや？　と思った。三杉さんが『いい人がいたら紹介して』と写真を見せてくれた女性が、確か『八尋春花』といった。水着姿でキャップを被っていたからピンとこなかったが……君をよく見て、その写真の女性だと確信したのだ」

「そうだったんですか。でも、あなたが私を気に入ったなんて、信じられません」

「私も、なぜ君が怒ったのか見当もつかない。だから、会話をすべきだろ？」

間近に迫る、大きな男の人。春花よりも肩幅が広く、頼れる身体つき。眼鏡の似合う理知的な顔は、想像したとおりだ。

春花は困惑した。あんなにひどいことを言われたのに、最初に感じたときめきが復活して、そわそわしている。君は誤解していると彼は言うが、その理由を訊《き》きたくなってしまう。

「失礼いたします」

引き戸の向こうから店員の声がした。飲み物の注文を取りにきたのだ。

仰け反った体勢の春花は慌てるが、更科に肩を支えられ、まっすぐに座り直した。力強いけれど、決して乱暴ではない。そっと守るような、男らしい触れ方だった。

「すまない、つい前のめりになってしまった。大丈夫か？」

「は、はい」

心配そうに覗き込む、きれいな瞳。彼はプールでも、春花を女性として扱ってくれた。あの時の感動を、身体が覚えている。

「仕事帰りで、腹が減ってるだろう。まずは、食事を始めよう」

更科の合図で店員が入室し、注文を取るため脇に控える。

事態がよく呑み込めず、気持ちの整理もつかないけれど、とにかく春花は席に着いた。

「酒はいけるほうか？」

「あまり強くありませんが、それなりに飲めます」

「そうか。では、少し付き合ってもらおうかな」

更科はちょっと笑った。

「あっ」

「何だ？」

「いえ……何でもありません」

彼の表情は基本的にクールで、鋭い目つきは怖いくらいだ。そんなところは、いかにも理系の人という印象を抱かせる。だけど、今の微笑みは異なるイメージだった。

(そうか、この人は笑うと目が優しくなるんだ)

初めて会った時は、ゴーグルに隠れてその目がよく見えなかった。小さな発見だけど、春花は意外なほど楽になることができた。

聡子が言うように、彼は悪い人ではないのかもしれない。

(話を、してみよう。そうすればきっと、いろんなことがクリアになる)

注文後、飲み物と食事が運ばれてきた。店員が出て行くと、更科は春花とまっすぐに向き合い、酒の入ったグラスを掲げる。

「それでは、乾杯といこうか」

「はい」

吟醸酒《ぎんじょうしゅ》の爽《さわ》やかな香りと甘さ。柔らかな口当たりに、春花は目を細める。この酒は更科が選んだものだが、春花の好みにぴたりと合致する。

「美味《おい》しいです!」

「それはよかった」

頷くと、眼鏡の位置を指で直す。その仕草は彼の癖のようだ。

「せっかく料理が来たのだから、話は後にしよう」

話は気になるけれど、料理が冷めてはいけない。春花も同意し、二人は食事を始めた。

前菜に汁物。海老《えび》や鮪《まぐろ》のお造り。金目鯛《きんめだい》と根菜の煮物。太刀魚《たちうお》の手綱《たづな》焼きなど……

テーブルに並ぶのは、旬の魚介類を中心とする日本料理で、酒と同じく春花の口に合う。更科を見れば、彼も美味しそうに食べている。食べ物の好みが一緒なのかな、と春花は思った。

「さて、私についてだが……」

コースがひと段落したところで、更科が自己紹介をはじめた。

彼のプロフィールは聡子から聞いたとおり。明都大学海洋学部の准《じゅん》教授で、自分の研究室を持ち、学生とともに海洋生物の研究をしているとのこと。

「海洋生物というのは、海の生き物ですよね？」

「そうだ」

なぜか彼は、にやりとした。さっきのような優しい微笑みではなく、どことなく理子を思い出させる、危ない笑みに見えた。

「ふふふ。私は『彼ら』に魅《み》せられている。それゆえに、君を気に入ったのだ」

「はあ……えっ？」

いきなり本題に入ったことに、春花は戸惑う。海洋生物の話が、なぜそちらに転がるのか？

「あの、どういうことでしょうか」

「ん？　忘れたのか」

「はい？」

「……」

忘れたって、何を？

「この前、プールで君に言ったことだ」

更科は呆れているが、さっぱり分からない。海の生き物に関することなど、話した覚えがない。

というより、彼との会話で思い出すことと言えば——

「まあいい。とにかく、こうして君と再会して、私はあらためて感じている」

更科は目を細めると、熱い視線を向けてきた。不気味な笑いを収め、大真面目な態度になる。その姿に、あの言葉を発した時の彼が重なる。

まさか……

「君は実に、かいじゅうに似ている」

やっぱりだ！　いやな予感が的中した。

「さっ、更科さん。あなたは、私が怒った理由をまるで理解していないのですね。それとも、からかってるんですか？　ひどいですよ、怪獣だなんて！」

唇を震わせ、必死の思いで抗議した。一度ならず二度までも、侮辱するなんて許せない。

「むっ、なぜだ。君はかいじゅうが嫌いか？」

「な……」

悪びれもせず問いかける更科の顔を、キッと睨《にら》みつけた。

「好きとか嫌いとか、そういう問題じゃありません。ビジュアルですよ。私が怪獣に似ているというのは、つまり……」

ん？　かいじゅう――？

海洋生物というのは、海の生き物。更科が研究している『彼ら』というのは……

「もしかして、海獣《かいじゅう》のことでしょうか？　海の獣《けもの》と書いて、かいじゅうと読む……みたいな」

「うむ。海に住む哺乳類《ほにゅうるい》のことだが？」

「ええっ⁉」

春花がなぜ誤解したのか、更科もようやく気が付いたようだ。納得した顔で、焦る春花をじっと見つめる。

「なるほど、別のかいじゅうと思い込んだか。それで君はあの時、怒ったのだな」

別のかいじゅう。それは、ビルを破壊したり、火を吹く系の巨大なやつだ。

(だって、全然思いつかなかった。私はてっきり、そっち方面とばかり。でも……)

冷静に考えてみると、海獣のほうも巨大は巨大である。クジラ、トド、セイウチなど、いずれも横綱クラスの動物ではないか。『彼ら』に似ていると言われて嬉しい女性がいるだろうか。

誤解は解けたが、新たなショックに襲われる。

「そうですか。私は、トドだったんですね……分かります」

「いや、私はトドも大好きだが、君が似ているのは彼ではない。イメージしたのは、青い海原《うなばら》を生き生きと泳ぎ回る、美しき海獣――バンドウイルカだよ」

「……バンドウイルカ?」

更科が深く頷く。

「鯨偶蹄目《くじらぐうていもく》ハクジラ亜目《あもく》マイルカ科ハンドウイルカ属ハンドウイルカ。一般にバンドウイルカと呼ばれる彼らは、私が長年研究し、最も魅了されている海洋生物だ。体長はおおよそ、二メートルから四メートル。北極圏と南極を除いた、世界中の海に生息している。身体能力に優れ、泳ぐスピードも速い。また、その気になれば、襲撃してくるサメを倒すほどの力と強さを持っている。そして何より、姿かたちが美しい。美しくて、とてもか……」

立て板に水を流すように語り始めた更科を、春花は瞬《まばた》きもせず見つめた。ところが、彼はそこで我に返り、続けようとした言葉を濁《にご》すと、眼鏡の位置を直す仕草をした。

「とても賢《かしこ》いんだな、うん……」

あの日彼は、春花のことをバンドウイルカに似ていると言いたかったらしい。

怪獣じゃなかった。そして、トドでもなかった——

(あっ、イルカと言えば)

そこで春花は、はたと思い至る。

「もしかしたら、水着の影響かもしれませんよ。あの水着は、バンドウイルカをモチーフにデザインしたと、開発部の友人が言っていました」

「水着?」

自社製品を試着していたことを話すと、更科は研究者らしい興味を示した。

「ほう、イルカがモチーフとは、なかなかのセンスじゃないか」

「ええ、色合いもそっくりなんです。そのせいもあって、イルカに見えたんですね」

春花は腑《ふ》に落ちるが、更科は少し考えてから、首を横に振った。

「いや、やはり君自身だ。伸び伸びと泳ぐ姿がイルカそのものだから、美しいと感じたのだ。君のような女性がこの世にいたとは、まさに奇跡だと」

「え……」

色気すら感じる彼の声に、ドキッとする。プールサイドでもそうだった。ゴーグル越しに感じた熱い視線は本物だったのだと、今なら感じ取れる。

「あ、ありがとうございます」

イルカに似て美しいというのは、たぶん彼の褒《ほ》め言葉だ。そんなことを言われたのは初めてで、どう反応すればいいのか分からない。ただ一つ分かったのは、更科陸人という男性について。ちょっと変わっているけれど、この人はやっぱり悪い人じゃなかった。

「さて、話はこれくらいにして、食事を続けようか」

「はいっ、いただきます」

ちょうど店員が、次の料理を運んで来た。更科にすすめられ、春花も日本酒を追加する。

誤解が解けたせいか、さっきよりももっとリラックスした状態で彼と向き合っている。会話することで、彼の言いたかったことが理解できて本当によかった。

「魚料理は好きか？」

「ええ、お肉も好きですけど、どちらかと言えば魚介類が好みですね」

「ほう、私もだよ。一番の好物は新鮮な刺身だ」

「そうなんですか？　私もです」

春花は自然に微笑んでいた。更科と食事の好みが合うことが、何だか嬉しい。

(そういえば、お見合い相手と食事するなんて初めてだよね)

過去五回の見合いでは、まずは親同伴でお茶を飲み、それから近場をドライブして、カフェで再びお茶を飲んでおしまい。

つまり、半日たらずでデートは終了し、次の約束を交わすこともない。そして、ほどなくして断りの返事をいただくというのも、見事にパターン化していた。

（あ、だめだ。思い出すと落ち込んでくる）

ネガティブになるなんて自分らしくない。だけど、断られた本当の理由を推測すると、さすがにこたえる。『僕より背が高いから』なんていうのは、どう考えても取ってつけた口実だ。

「どうした。箸《はし》が止まっているようだが？」

クールな口調だけれど、こちらを気遣ってくれているのが分かる。

春花はふと、正直に話してみたくなった。そして、その上で本音を訊《き》いてみたい。

彼はイルカに似ているから春花を気に入ったという。それは分かったけれど、その気持ちは男女間の想いなのだろうか。つまり彼は、春花を女として求めているのかどうか――知りたい。

「更科さん。お見合いの場でお話しすることではないのは分かっています。ですが、どうしても気になることがありまして……」

「何だ」

少し変わっているというこの人なら、かえって冷静に受け止めてくれる。そんな気がした。

「実は……私、これまで五回お見合いして、すべて失敗しています。もしよければ、聞いてもらえますか」

「ふむ、話してみなさい」

ためらうことなく承諾してくれた。春花は思いきって打ち明ける。

「私、昔から女の子にモテるんです。背丈とか容姿とか、男の子みたいで……その、中性的なんですよね。男性アイドルに似てるとかも言われます。だからなのか、初恋の人にも……」

「初恋？」

春花は自分で発した言葉に動揺し、箸《はし》を取り落とした。いくら何でも、トラウマまで披露することはない。

「どうした」

「いえ、すみません」

春花は箸を置くと、『初恋の人』は脇に除《よ》けて話を続けた。

「ですから、こんなふうにワンピースを着ても、女装した男にしか見えないみたいで。見合い相手の人が口を揃えて言うんです。私のことを『かっこいいですね』って」

それは、男性に対する褒《ほ》め言葉である。要するに彼らは、春花を女性として見ることができないのだ。なぜなら春花は、彼らが引け目を感じるほどの『イケメン』だから。

「異性ではなく、同性。つまり、ライバル的な存在に感じるみたいです」

そして、取ってつけたような断り文句を添えてくるのだ。春花の背が高すぎるから、と。そんなの、最初から釣書《つりがき》に書いてあるのに。

「お見合いだけじゃありません。学生時代に参加した合コンでも、男子よりモテてしまうんです。彼氏ができるどころじゃなく、かえって男子には嫌われてしまって」

話すうちに情けなくなってきた。

——お前は、可愛げがないんだよ。

過去の辛い記憶が蘇《よみがえ》りそうになるのを必死でこらえる。

「なるほど、よく分かった」

シンとした部屋に更科の低い声が響き、春花はビクッと震えた。

彼は今、とても怖い顔をしている。

「八尋……いや、春花。よく聞きなさい。そのくだらない男どものことは、今すぐ忘れてしまえ」

「はい？」

いきなり名前を呼び捨てにされ、突飛《とっぴ》な命令をされた。彼の語調は強く、大きく乗り出した上半身も、有無を言わさぬ迫力に満ちている。

彼は今、明らかに怒っている。

「君のよさが分からないとは、愚《おろ》かな連中だ。女性がかっこよくて何がいけないんだ？　かっこよさも美しさも、素晴らしい長所だろうが。君自身も、もっと喜んでいい言葉だぞ」

「え……」

素晴らしい長所。もっと喜んでいい言葉——

（そういえば、この人は私のことを『美しい』と言った。イルカのように伸び伸びと泳ぐ姿が美しいと。『かっこいい』も、同じように解釈すればいいってこと？）

それは実にシンプルで、ポジティブな考え方だった。急に視界が開《ひら》けた気がする。

「そう、ですよね……長所と言えば、長所かも」

「ああ、君は魅力的だ。私は、そんな君に惹《ひ》かれたのだよ」

「み、魅力的？」

さすがにそれは言いすぎだと思う。更科の考え方は素敵だが、コンプレックスがただちに解消されたわけではない。

「ありがとうございます。でも私、女らしい魅力は皆無ですよ。たとえば、あなたの言う『美しい』は、イルカのようにという意味ですよね。女としては……」

「困った子だな」

更科はため息をつくと、いきなり立ち上がった。春花よりも背が高く、体格だってずっといい。そんな異性に見下ろされ、春花は圧倒される。

「あ、あの……」

「まったく、仕方のない。こっちに来なさい」

テーブルを回り込んだ更科に手を取られ、春花も立ち上がる。身体を抱えられるようにして、窓の前へ移動した。

「な、何をするんですか？」

「よく見てみなさい」

彼は春花を反転させて、窓のガラスに向かせる。そこには銀座の街と、更科に支えられた自分が映っている。

「……更科さん？」

「もっと自信を持つんだ」

ガラス越しに窺《うかが》った、彼の顔は怒っていない。両肩に置かれた手のひらは、怯《おび》える春花を宥《なだ》めるように包んでいる。

「女装した男にしか見えない？　バカな。君は十分に女だ。女以外の何ものでもない」

生まれて初めて、はっきりと女だと認定された。しかも、大人の男性に。

嬉しいような、恥ずかしいような——いたたまれなくなって、俯《うつむ》きかげんになる。

「イルカの水着も、このワンピースも、とてもよく似合っている。だがどんな衣装を纏《まと》おうと、君の魅力が損なわれることはない」

「……」

「笑った顔も、困った顔も、生き生きとして美しい。すぐに反応する肌の色は、心の素直さを表している。ほら、今も首筋が鮮《あざ》やかな薔薇《ばら》色に……」

「ええっ？」

顔を上げ、慌ててうなじを押さえる。肌が火照《ほて》り、熱を帯びているのが分かった。

(知らなかった。私、そんなに赤くなってるの？)

「恥ずかしげに睫毛《まつげ》を伏せる、そんな何気ない仕草が実に色っぽい。君は自覚がないようだが、数えきれないくらい、女性の魅力に溢《あふ》れているよ」

クールな理系男子による、気障《きざ》な褒《ほ》め言葉。いや、これはほとんど口説《くど》き文句だ。慣れない言葉の連続に、春花はますますいたたまれなくなる。

（でも、もしかしたら、この人は本気で……）

もう一度、春花は自分を見つめた。こんな私のことを、女として見てくれる人がこの世にいたのかもしれない。そしてそれが、更科陸人という人かもしれない――

「更科さん」

「うん？」

「教えてください。どうしてあなたは、そんなふうに私を見てくれるの？　どうしてそこまで、私を求めてくれるの……女として」

勇気を出して、訊《き》いてみた。この人の傍《そば》でなら、可愛いお嫁さんになれそうな気がする。

幼い頃の夢が叶えられるとしたら、今、この時――

更科が、春花の身体をくるりと返した。そしてガラスに片手をつくと、春花に覆い被さる格好になる。

「さ、更科さん？」

美しい顔が目の前に迫る。かつて経験のないシチュエーションに息を呑んだ。でも、まったく抵抗なく受け入れられるのは、彼が好きなタイプの男性だからだ。出会ったその日に、気が付いていた。

「私が君を求めるのは、君がとても、か……」

「か……？」

彼はなぜか言葉を途切れさせ、少し考えるふうにしてから唇を開いた。

「君がとても、理想的な身体をしているから」

「……は？　それは……どういった意味でしょうか？」

更科はガラスに手をついたまま、空いたほうの手で眼鏡の位置を直した。レンズの奥で、鋭い目が妖《あや》しく光る。

「私にとって、君の肉体は女そのもの。頭のてっぺんから足のつま先まで、ありとあらゆる部位が私を誘惑するのだ」

「ぶ、部位って……」

ロマンのかけらもない言い方。だが、彼の声は色気に満ち溢《あふ》れている。

春花は目一杯身を引いて、背中をガラスにくっつけた。逃げようにも逃げられず、迫りくる危機に晒《さら》される。

「君の身体を思い出すと、堪《たま》らない気持ちになるのだ。君に出会ったあの日以来、片時も忘れられない。寝ても覚めても八尋春花という女性の姿ばかりが目に浮かぶ。これは、ただの肉体的欲求を超えた恋愛感情だと結論付けた。君も、そう思うだろう？」

「は、はあ」

逆らったら大変なことになる。春花は本能で危険を察知し、とりあえず同意した。

（それって、恋愛感情なの？　単なる性欲のような……。でも、私のこの身体に……欲求？）

春花は肩幅が広く、全体的に骨太で、色気とはほど遠い体格をしている。バストも平均サイズで、欲情をそそるほどのボリュームではない。

いや、このさい彼の特殊な嗜好《しこう》は横に置いておく。

「あの……ずいぶん、即物的な理由に思えるのですが」

「私もそう思うが、仕方がない。これは、理性ではコントロールできない、やむにやまれぬ衝動なのだ。一人の女性に心を奪われるなど初めてのことで、私も戸惑っている」

（確かにそれは、恋愛感情と言えるかも。だけど——何かが違う）

「春花。私は君を観察し、実験し、この現象が何なのか研究したい」

「な……」

観察？　実験？　研究——？

腰がしびれそうな甘く切ない声音で、何を言うのか、この人は。

「君に対して、なぜこんなにも女を感じるのか。どうしても探究したい。男として、研究者としての欲求に駆られ、興奮が収まらないのだ」

「はいぃ？」

更科は本気である。本気で〝女としての〟春花を求めている。だけど、それと同時に実験体としても求めているのだ。

（変態。この人、変態だったんだ！）

——ちょっと変わってるけど、いい人よ。

春花は脳内で、聡子の言葉を訂正する。

——ちょっと変態だけど、いい人よ。

後出しジャンケンにもほどがある！

それにこれは『ちょっと』というレベルではない。

よろめく春花を、更科はすかさず支えた。そして彼は、もう一度眼鏡の位置をきちんと直す。

「私と結婚してほしい。君を想う気持ちは本物だよ。身体だけではない、心の素直さにも惹《ひ》かれている。君のすべてを、心から求めているのだ」

「更科さん……」

きれいな瞳。眼鏡の似合う理知的な顔立ち。

春花よりも背が高く、頼もしい身体つきをした年上の男性。

春花好みの男性で、実はいい人。そして『ちょっと変わってる』――いや、かなり変わってる。

それは間違いなく変態と呼べるはずだ。でも、たとえ変態でも――

「返事はすぐにとは言わない」

「はい」

ときめいてしまったものは仕方ない。だって、こんなに素敵に見える人なのだ。

「よく考えた上で、返事をしてくれ」

「わ、分かりました」

猶予《ゆうよ》をもらえてホッとすると同時に、これまでの見合いとは違う展開にドキドキした。今回は、春花の返事次第で、すべてが決まるのだ。

春花の答えに、更科は微笑んだ。やはり彼は、笑うと目が優しくなる。

「では、食事を続けよう。急がないと、デザートが来てしまうぞ」

「そうですね。いただきましょう」

暑くなったのか、更科は上着を脱いでから席に着いた。

ベストとワイシャツ姿になると、身体の逞《たくま》しさがより際立ち、春花は思わず見惚《みと》れてしまった。

駅の改札での別れ際。更科はコートのポケットから小箱を取り出し、春花に手渡した。水色の包装紙に、銀のリボンが結ばれている。

「これは？」

「一日遅れだが、誕生日おめでとう」

「え……」

春花は驚き、小箱をしげしげと眺める。よく見ると、有名な宝飾ブランドのロゴがリボンに刺繍《ししゅう》されている。中身はジュエリーのようだ。

「いいんですか？」

「ああ」

彼は改札のほうを向き、何でもないふうにしている。

「ほんの気持ちだ。君に似合うのではないかと……気に入ってもらえると嬉しいが」

「あ、ありがとうございます！」

釣書《つりがき》を見て誕生日を知り、わざわざ用意してくれたのだろう。

春花は小箱を胸に押し当ててから、大切にバッグに仕舞った。

「ところで、春花。私は明日から二週間、千葉の研究施設に出かける。その間、何かあればいつでも連絡してくれ」

更科はこちらを向くと、今度はスマートフォンを取り出した。

「もしよければ、だが」

見合い、告白、プロポーズ。彼は強引で性急だった。それなのに、ここへきて遠慮がちになるのが可笑《おか》しい。春花はクスクス笑いながら、連絡先を交換した。

「そんなに笑うな。これでも、いっぱいいっぱいなんだぞ」

「すみません。ふふ……」

更科は軽く睨《にら》んでくるが、すぐに微笑む。穏やかな大人の笑みに、春花はまたときめいてしまう。

「だが、返事は直接聞きたいな」

「え？」

ふいに耳元に囁《ささや》かれ、ドキッとする。思わず見返すと、彼の潤《うる》んだ瞳とかち合った。

「更科さん？」

彼は何でもないふうに身体を引き、スマートフォンをポケットに収める。

「二週間後、デートしよう。その時、聞かせてくれ」

返事と言うのは、もちろんプロポーズの返事だ。でも、デートの約束も取り付けるなんて……

「やっぱり、あなたは強引ですね」

「そのようだな」

差し出された彼の右手を、そっと握った。厚い皮膚《ひふ》の感触に、男性を意識してしまう。

「焦らず、よく考えてくれ。前向きにね」

「はい」

力のこもった握手は、男らしくて温かい。彼は名残惜しげに手を離すと、改札の外で見送ってくれた。

六回目の見合い相手は、ちょっと変態だけど、とてもいい人。

プレゼントと連絡先、次の約束を胸に抱き、春花は家路についた。


三月の誕生石はアクアマリン。透明な水色は、その名のとおり海を表している。

「きれいだなあ」

ドロップシェイプの一粒ネックレスは、更科からの贈り物だ。細かな多面カットが施《ほどこ》された宝石は、窓からの陽射しを受け、爽《さわ》やかに輝いている。

春花はネックレスを首から外すとケースに収め、ドレッサーに仕舞った。普段身に着けるのは勿《もっ》体《たい》ない気がして、大事に保管してある。

「今日もいい天気。海に行きたくなっちゃう」

独り言を呟くと、窓を開けた。今日は、四月最初の日曜日。更科陸人と見合いしてから五日目の朝だ。

「あ、来た来た」

赤のセダンが通りを走って来るのを見て、春花は急いで一階に下りた。

「お見合いの翌日にね、更科先生が出張先から連絡をくれたの。春花さんとデートの約束をしましたって、嬉しそうに仰《おっしゃ》ってたわよ」

聡子は玄関に入るなり、出迎えた母娘に笑顔で告げた。『嬉しそうに』という言葉を聞き、春花の心臓が大きく跳ねる。

場所を移し、改めて居間のソファで向き合う。

「ああ、よかった。大丈夫だと信じてはいたけど、これまでのことを考えると心配で心配で」

聡子の台詞《せりふ》に、隣に座る母と目を合わせ、春花は苦笑した。

「六回目にして、お見合い成功。静花、よかったわね！」

「ほんとに。それにしても、スポーツクラブでお会いしていたなんて。世の中は広いようで狭いのねえ」

「そうそう、私も後から聞いてびっくりした。先生も人が悪いわよ。そこで春花ちゃんを見初《みそ》めたなら、ちゃんと言ってくださればいいのに」

二人に注目されて、春花は慌てて顔を振る。

「私は、全然知らなかったもの。あの人が、更科さんだったなんて」

「分かってるわよ。私が言ってるのは、先生のほうよ」

(見初めた……か)

いまだに信じられないが、信じるほかない。彼の告白は真剣だった。

「ところで、銀座の日本料理店はどんな感じだった？」

「あ、うん。とても美味《おい》しい料理だったよ」

春花はあらためて、母と聡子に見合いの報告をした。ただし、詳細は省《はぶ》いている。海獣《かいじゅう》とか、身体とか、研究とか――。話せばややこしくなりそうだから。

それに、当の春花も実のところ、よく分かっていないのだ。

ひととおり話した後、母が二杯目のコーヒーを淹《い》れてきた。聡子は砂糖とクリームをたっぷり入れてかき混ぜ、ひと口含む。

「ところで、念のために訊《き》くけど。デートの約束をしたってことは、春花ちゃんも先生を気に入ってくれたのよね？」

聡子の少し後ろめたそうな顔を見て、春花はピンとくる。後出しジャンケンのことだ。

「更科先生って、ちょっと変わってるけど、いい人だったでしょう？」

「う、うん。ちょっとへ……変わってるけど、ね」

『変態』と口を滑《すべ》らせそうになり、慌てて言い直した。

「ただの噂だから気にすることなかったのよ。考えてみれば、理系の教授や学生には、よくいるタイプだわ。研究に夢中になると他のことに気が回らないから、変わり者に見えるのね、きっと」

聡子はうまくまとめたけれど、そんなレベルだろうか？　とはいえ平たく言えばそういうことかもしれない。

（理系と言えば、理子も同じタイプな気がする。更科さんと似たようなことを言ってた気が……）

――ガタイのいい男子を観察できて楽しかったし。ふふふ……いい実験体が何人も……

（あ、あれ？）

「どうしたの、春花ちゃん。顔色が悪いようだけど」

「えっ？　ううん、何でもない。あははは」

笑ってごまかすが、ほんの少し……いや、かなり不安になってきた。『実験体』に、一体彼らは何をするつもりなのか。

ますますドキドキする胸を、春花は困惑しながら押さえた。


月曜日は社屋の一階ロビーで朝礼が行われる。解散後、春花は理子を捕まえて、それとなく質問してみた。

「実験体に何をするつもりかって？　そんなの決まってるじゃん。人体実験よ！」

「ちょ……理子、声が大きいっ」

それぞれのオフィスへ移動する社員が、怪訝《けげん》な表情でこちらを振り向く。春花は理子の腕をとり、廊下の端に引っ張った。

「なによ。正直に答えただけでしょーが」

「だよね。うん、ありがとう」

返ってきたのは、予想以上にストレートな答えだった。春花は怖いやら恥ずかしいやらで、変な汗をかいている。

「えっと、人体実験って……」

具体的に訊《き》こうとしたが、勇気が持てずに黙り込んだ。どうしても、理解できる気がしない。

「八尋らしくないなあ。何かあったの？」

「え？　いやその……ちょっと」

「もしかして、誰かに実験体としてスカウトされたとか」

「へえっ？」

ひっくり返った声が出て、今度は春花が悪目立ちした。じろじろ注目されて赤くなるが、理子は平然としている。というより、周囲の視線などまったく気にしていない。

「面白そうだねえ。その話、じっくり聞かせてもらいましょうか」

「はい……」

理子に更科のイメージが重なり、逆らえなかった。

昼休み、春花と理子は会社近くの公園で弁当を食べることにした。

木陰のベンチに並んで座ると、早速彼女の追及を受ける。

「えっ、大学の先生と見合いした？　この前プールで会った人がそうなの？　へええ」

少し恥ずかしかったが現状を説明した。更科との偶然の出会いには理子も驚いたようだが、それ以外については冷静なもの。彼女は更科と同じ理系人間だからか、『実験体』については多くを語らずとも話が通じた。

「なーんだ。八尋の身体は私も狙ってたのに」

「ええっ。そんな目でいつも私を？」

友人の危ない発言にぎょっとするが、理子はにんまりと笑う。

「ジョーダンだって。私が狙うのはガチマッチョの男子だけ。八尋は女だから眼中にないよ」

「な、なるほど」

ちゃんと女として見てくれてるんだ。変なところで、春花は嬉しくなる。

「しかし、女性に求愛するのに実験とか研究とか、普通言わないよね。面白い男だなあ」

サンドイッチを頬張りつつ、理子がぎらりと目を光らせる。春花はまたしても、彼女に更科が重なって見えた。こうなったら、勇気を出して確かめるしかない。

「そ、それでね、理子。人体実験についてだけど、たとえばどんなことをするのかな……なんて」

語尾が弱くなるのが情けない。でも、やっぱり知りたくて理子をじっと見つめる。更科本人を前にしているようだ。

理子はまっすぐな瞳で春花を見返してきた。緊張して返事を待つが――

「そんなの、言えるわけないじゃん」

「……あの、それは、どういう」

さらに突っ込もうとして、春花は諦めた。だめだ、私にはこれ以上の勇気はない。

箸《はし》を持ち直すと、弁当の残りを食べ始めた。

(そっか。人に言えないようなことをするんだ)

訊くんじゃなかったと後悔していると、缶コーヒーを飲み干した理子が、前を向いたまま話しかけてきた。

「でもさ、八尋も嫌いじゃないんでしょ？　その、先生のこと」

「……」

「基本的に、いい人みたいだし」

そうなのだ。だから、春花は連絡先を交換し、次に会う約束もした。

彼がいい人なのは、ちゃんと分かっている。

昼下がりの公園は、休憩中のサラリーマンやＯＬがちらほらと行き交う。春花は空の弁当箱をバッグに仕舞うと、ベンチの背にもたれて彼らを眺めた。

そして、しばらくしてあることに気が付く。

スーツ姿の背の高い男性。それも、眼鏡をかけた人が通り過ぎると、つい目で追ってしまうのだ。

更科陸人を思い出してのことだと、すぐに自覚した。

「ま、考える時間をもらったんだから、よく考えなよ。八尋らしく前向きにさ」

「理子……」

人のプライベートに無関心の彼女が、アドバイスをくれた。眩《まぶ》しげに笑う横顔に、春花はやはり彼を重ねてしまう。

更科との関係を前向きに考える。それは彼からの宿題でもあった。

「理子と更科さんって、ちょっと似てるよ」

「そう？」

人体実験の内容は気になるが、とりあえず今は宿題に取りかからなくては。

明後日の四月十三日に、更科陸人は出張を終え、千葉の研究施設から帰ってくる。

夜、春花は寝る準備をすると、スマートフォンを手にベッドに潜《もぐ》った。

（焦らず、よく考えましたよ。更科さん）

彼に話しかけるように、独り言を呟く。

朝から晩まで、暇さえあれば彼のことを考えている。いや、考えてしまうというのが本当のところ。日ごとに膨《ふく》らむ想いとともに、それはとても新鮮で、幸せな現象だった。

春花はスマートフォンのロック画面を解除すると、しばし迷った。時刻は午後十時を過ぎている。

（電話は……迷惑かもしれない。メールにしようかな）

連絡先を交換したが、彼とは一度もやり取りしていない。何かあれば連絡してくれと彼は言った。

そのためか、何の用事もなく連絡するのは遠慮してしまう。

だけど、答えが出たのだから、すぐにでも伝えたい。これはちゃんとした用事である。

「ああ、でもなあ」

更科は返事を直接聞きたいと望んでいる。やはり、デートの日まで我慢するべきだろうか。

スマートフォンを胸に押し当てると、目を閉じた。今夜は雨が降っている。静かな部屋に雨の音が際立ち、それはやがて海の潮騒《しおさい》となって、春花の心を満たしていく。

（どうしよう）

逡巡《しゅんじゅん》していると、胸の上で着信音が鳴った。
春花は弾かれたように飛び起き、ベッドから転がり落ちそうになる。
「び、びっくりした。あっ！」
更科陸人からのメールだった。件名には『こんばんは』とある。
想いが通じたかのようなタイミングに、震える指で画面をタップした。
「……ん？」
《デート（案）
日時・四月十七日（日）午前九時
集合場所・八尋家前
行先・みなと水族館（応相談）
不都合があれば連絡すること――以上》
「え……えーと？」
春花は目をぱちくりとさせた。五行という短いメールはシンプルすぎて、逆に頭に入ってこない。
というより、これではまるで業務連絡である。ざわめく心は、潮《しお》が引くように静かになっていった。
（件名に「こんばんは」……で、あとは用件だけ。こういうメールって、三十代後半の男性としては普通なのかな。それとも、理系の人ってこんな感じ？）
あれこれ推測するけれど、まったく分からない。男の人と個人的なメールを交わした経験のない春花には謎だった。

「もっ、もしかして忙しいのかな。それとも、すごく疲れてるから長文は無理とか？」

気を取り直し、ポジティブに考えてみる。出張先にいながら、こうして予定を立てて、連絡してくれただけでもありがたい。約束を守ってくれた彼に感謝しなければ。

春花は深呼吸すると、ベッドの上に正座して返事を作成した。

《更科さん、こんばんは。お元気ですか？　お忙しい中、ご連絡をありがとうございます。デートの件、承知いたしました。ご提案どおりで大丈夫です。お会いできるのを楽しみにしていますね。千葉でのお仕事もあと一息。頑張ってください！　八尋春花》

「よし、送信……っと」

馴れ馴れしい文面だったかなと、少し心配になる。でも、これでもずいぶん感情を抑えたつもりだ。彼に対して盛り上がっている、今の感情を。

ライトを消して、再びベッドに潜《もぐ》った。

「直接会って伝えよう。あの人の望むとおりに」

一見クールだけれど、彼の眼差しは熱を持っている。メールや電話では、それを受けとめることはできない。いつしか春花は潮騒《しおさい》に包まれ、想いを溢《あふ》れさせていた。


四月十七日の日曜日。今日は更科陸人とデートの日である。

春花は朝早く起きると、午前中は仕事だという母のぶんの朝食も作って一緒に食べた。

「後片付けは私がやるから、早く準備しなさい」

「ありがとう、お母さん」

自室に引っ込み、丁寧に化粧をして、髪もスタイリングした。あとは服装を決めるのみ。

（やっぱりパンツにしようかな。でも……）

春花は友達と出かける時はパンツスタイルが多い。スカートが似合わないのを知っているからだ。だけど、今日はデートである。お見合いのワンピースと同じで、似合う、似合わないはさて置き、シチュエーションを優先するべきではないか？

（パンツにジャケットなんて、完全に男だもんね……。うん、スカートにしようかな）

でも――と、春花は思う。デートの相手は更科陸人である。彼は、春花のことを十分に『女』だと言った。たとえパンツを穿《は》いていても、女扱いしてくれるだろう。

（それに、デートだからって、いきなり女らしい服装に切り替えるのって、何か照れちゃうし）

一度は手にとったスカートをラックに戻し、黒のストレートパンツを取り出す。動きやすく、かつ脚をきれいに見せてくれる、お気に入りアイテムだ。

上下のバランスがとれるように、ブラウスシャツを合わせた。ボタンを二つ外すと、いい感じに襟が開いて肩幅が狭く見える。いつもより艶《つや》っぽく感じるのは、丁寧に施《ほどこ》した化粧のせいかもしれない。

今の春花の大人びた雰囲気は、更科との年齢差を埋めてくれそうだ。

「あと、これも忘れずに」

襟元に、アクアマリンのネックレスを飾った。この日のために、大切に仕舞っておいたのだ。爽《さわ》やかな水色が、健康的で滑《なめ》らかな素肌に映《は》える。

「何度見てもきれい。ふふ……」

姿見で全身をチェックしていると、インターホンの音が響いた。

時計を見れば午前九時。彼が、約束の時間ぴったりに迎えに来たのだ。

「はいっ、今行きます！」

春花はバッグを引っ掴むと、転びそうになりながら一階へ下りていった。

「まあ、わざわざすみません。今日は娘がお世話になります。あ、春花。更科さんからお土産《みやげ》をいただいたわよ」

玄関に行くと、母がこちらを振り返り、満面の笑みを浮かべた。母はどちらかと言えば人見知りする人なのに、初対面の人物を前にしてこの表情とは。

更科を一目で気に入ったらしい。母の反応を春花は嬉しく思い、そして安堵した。

「おはようございます、春花さん」

「あ……」

明るい陽射しを背に、更科陸人が立っている。

カラーシャツにジャケットを羽織る姿はカジュアルだけど、きちんとした印象は変わらない。眼鏡をかけた理知的な顔は、この前より少し日焼けして見えた。

「お、おはようございますっ」

大きな声が出てしまい、バッグで口元を隠した。すると、更科が楽しげに微笑んだ。

クールな顔立ちなのに、笑うと目が優しくなる。朝の光の中、春花はあらためて確認した。

「今日は神奈川のみなと水族館まで出かけてきます。往復三時間ほどの道のりですが、あまり遅くならないように気を付けます」

落ち着いた口調は大人の男性らしく、頼れる感じがする。母も安心した様子で、「よろしくお願いします」と頭を下げ、一人娘を託《たく》した。

「では、春花さん。参りましょうか」

「はい」

上がり框《がまち》に座って靴を履いた。ミドルヒールのパンプスだけど、更科となら背の高さを気にしなくてもいい。春花は立ち上がると彼と向き合い、まっすぐに背筋を伸ばした。

八尋家の前に、更科の車が止めてある。メタリックグレーのクーペは、車オンチの春花も知っている欧州車だ。流線型のボディは、ピカピカに磨き上げられている。

「どうぞ」

「ありがとうございます」

更科が開けてくれたドアから助手席に乗り込む。シートベルトを着けていると、隣に座った彼が窓を下げた。母が近くに寄り、そっと覗き込む。

「楽しんでらっしゃい」

「うん。行ってきます」

更科は後ろに下がった母に会釈《えしゃく》して、静かに車を出した。

（お母さん、すごく嬉しそうだったな）

見合いに出かける春花を、母はいつも不安そうに見送っていた。それが今日は、あんなに安心しきった顔で、『楽しんでらっしゃい』とまで言うなんて。

（もしかして、更科さんが九つも年上だから？）

それに加えて、この落ち着いた態度。ある意味、彼は保護者のようでもある。

「どうした。私の顔に何か付いているか？」

「えっ？」

助手席という至近距離から、じっと見つめてしまった。

「いえ、何でも。その……久しぶりにお会いしたものだから……つい」

赤信号で車が止まった。春花は前に向き直ると、交差点を行き交う人々を眺める。

快晴の日曜日。賑《にぎ》わう街は、カラフルな色彩に溢《あふ》れている。

「そうだな、久しぶりだ。元気そうでよかった」

「は、はい。更科さんも」

彼がこちらを見ているのが気配で分かる。でも、目を合わせるのが照れくさくて、顔を向けることができない。

「春花」

母の前では『春花さん』だった。二人きりになったとたん呼び捨てで、しかも、この低く甘い声音は何なのだろう。業務連絡メールとのギャップが激しすぎる。

「こっちを向いて。よく見せてくれ」

「え？」

思わず顔を右に向け、彼と目を合わせた。射るような視線とぶつかり、動揺する。甘い声音とは裏腹に、まるで怒っているかのような強い眼力である。

「あ、あのう。何か？」

「ふむ」

彼の視線は春花の瞳を覗き、それからゆっくりと下がっていく。襟元でぴたりと留まり、彼は左手で眼鏡の位置を直した。レンズの奥が、きらりと光るのが分かった。

「思ったとおり、よく似合っている」

「え……」

信号が青に変わり、更科の視線は前に戻る。春花は襟元に手をやりながら、彼の満足げな横顔を眺めた。春花がネックレスを身に着けていることに、更科はちゃんと気付いていたのだ。

そんな小さなことが、嬉しい。世界中の何もかもが、カラフルに彩《いろど》られていく。

「素敵なプレゼントを、ありがとうございます。私、アクアマリンがこんなにきれいな宝石《いし》だなんて、知りませんでした」

「気に入ってもらえたなら、何よりだ」

車は高速道路に入った。スムーズに合流すると、更科はフッと頬を緩める。

「早く返事を聞きたくて、ウズウズしてきたな」

「あっ」

贈られたアクセサリーを身に着ける――。それは、はっきりとした意思表示と言えるのかもしれない。

「でっ、でもこれは……その」

弁解したくて春花は焦るが、うまく言葉が出てこない。

「ふふ……まあいい。まずはデートを楽しもう」

「はいっ」

春花の本意を見抜いているのか、更科の態度は余裕である。

彼は九つも年上の、大人の男性。保護者のようだけど、やはり特別な異性なのだ。


みなと水族館は、相模湾《さがみわん》に面した海岸沿いにある。東京からのアクセスもよく、風光明媚《ふうこうめいび》な海辺に位置するため、休日には多くの行楽客で賑《にぎ》わっている。夕陽が美しい砂浜は、恋人達が寄り添い歩くデートスポットとしても有名だ。

「この水族館に来るのは久しぶりです。相変わらず大きくて、立派ですね！」

イワシが群れをなして泳ぐ大水槽を見上げ、春花は興奮の声を上げた。小さな子ども達と一緒に、アクリルガラスにへばりついて観賞する。

「水族館が好きか？」

「はい。友達ともよく行きますし、好きな場所ですね。それに、懐かしい気持ちになるので」

「懐かしい？」

春花はこくりと頷いた。

「子どもの頃、父と母と水族館に出かけた記憶があるんです。すごく楽しかったから、そのイメージをずっと持っているのかもしれません」

更科はふと真顔になるが、すぐに微笑む。亡くなった父の思い出が、懐かしさを誘うのだと理解したのだ。優しい眼差しに、春花は吸い込まれそうになる。

「そうか。水族館に決めてよかった」

水面《みなも》が揺れる青い空間。見つめ合う二人の周りに、色とりどりの花が咲きほころんだ。

（花畑？　ううん、これはサンゴ礁《しょう》だ。海の中の、夢のようにきれいな世界）

「行こうか」

ぼんやりしていると、更科がさり気なく手を繋いできた。突然の触れ合いに、春花は衝撃を覚える。初めてのデートで手を繋いでいいのだろうか。それも、お見合い相手と？

戸惑うけれど、ゆったりとリードされるのは心地いい。こうするのが自然に思えるほど、手のひらが馴染《なじ》んでいる。引き寄せられて身体がくっついても、春花は抵抗しなかった。

（更科さんって、大胆……ていうか、やっぱり強引だよね）

その上、周囲の視線をまったく気にしない人なのだ。

今日の春花はいつもより丁寧なメイクを施《ほどこ》し、女らしいアクセサリーを着けている。それでも、男に見えるかもしれない。そうであれば、自分達は男同士のカップルに見えるのではないだろうか。

（やっぱり、スカートにするべきだったかな。でも……）

肝心の更科が気にしていない。というより、周囲の様子にはまったくの無頓着で、むしろ積極的にくっついてくる。

「もうすぐイルカパフォーマンスが始まるようだ。行こうか、春花」

「えっ？」

顔を覗き込まれてびっくりする。いつの間にかぼんやりしていたらしい。

「他の展示は後から見ることにして。どうだ？」

大好きなイルカのショーだからか、彼の声が熱を帯びている気がする。わくわくする彼の姿は少年のようで、春花はつい微笑んでしまった。

「楽しそうですね。行きましょう」

「よし、こっちだ」

彼に手を引かれ、奥のフロアへ歩いて行った。

「更科先生！」

イルカショーが行われるスタジアムの手前で、突然声をかけられた。更科と一緒に振り向くと、一人の若い女性が通路の反対側で手を振っている。

「あれは……」

知り合いのようで、更科も片手を上げて合図した。彼女は笑顔になり、人波を分けてこちらに近付いて来る。

（誰だろう。すごく可愛い人）

年齢は二十代前半くらい。ゆるく巻いた髪をふわりと下ろし、カチューシャで留めている。卵形の輪郭をした顔は色白で、目元はぱっちり。華奢《きゃしゃ》な体型に、サーモンピンクのワンピースがよく似合っている。女の子らしい柔らかな雰囲気は、甘い甘いケーキのようだ。

「明都大の学生だよ。偶然だな」

「そうなんですか」

学生と聞いてホッとする。あんなに可愛い人と、どんな知り合いなのかと思ってしまった。

「……ところで、あの」

ホッとしたのはいいが、別の心配が生まれる。更科は春花の手を握ったまま、離そうとしない。学生の前だというのに、平気なのだろうか。

（それに、もしかしたら誤解されるかも）

春花は焦るが、彼は平然としている。仕方なく、寄り添った体勢で彼女を迎えた。

「こんにちはー。休日にお会いできるなんて嬉しいですぅ。私、友達と来てるんですよ。先生はお仕事ですか？　そちらの方は……」

ここで、更科と春花が手を繋いでいることに気付いたらしい。彼女は固まり、笑顔をひきつらせた。

「せ、先生。まさか、そっちの趣味がおありだなんて」

かなりのショックを受けたのか、彼女はよろめいている。そっちの趣味――つまり、男同士のカップルと思われてしまったようだ。

しかし更科は眉一つ動かさず、冷静に対応する。

「美月君《みづき》……だったかな。何か誤解しているようだが、私は今、彼女とデートしているのだよ」

春花は息を呑んだ。彼は学生に現状を隠さず、ありのままを伝えている。

「は？」

彼女は大きな目を見開き、あらためて春花の顔と身体、特に胸の辺りをじろじろ見直してきた。遠慮のない視線は猜疑心《さいぎしん》に満ちている。その視線がなんだか怖くて春花は後ろに下がりたくなるが、彼に引き寄せられた。

（……更科さん？）

ひととおりの観察を終え、彼女は一応納得したようだ。しかし今度は別の意味で「信じられない」という表情を浮かべる。

「嘘……だって、先生のタイプって……」

「キャー、誰かと思ったら更科先生じゃないですか」

「うわあ、ラッキー。水族館に来て正解だったね」

美月の言いかけた言葉は、黄色い声にかき消された。ソフトクリームを手にした女性が二人、彼女の両脇を囲む。

「君達も一緒だったのか」

更科の様子から、皆が明都大の学生だと推察できる。

「さて、そろそろイルカショーが始まるので失礼するよ。君達、生体観察から得るものは多い。文系の学生であっても勉強を怠《おこた》らないように。しっかり見学したまえ」

更科は春花の手を握り直すと、ショーの会場へ連れて行く。

「やーん、もう行っちゃうんですか……って、ええっ？」

「美月ちゃん、あれってどういうこと？」

甲高い声が背後から聞こえる。彼女達も、手を繋ぐ二人を見てびっくりしているのだ。

「更科さん、あの」

「ん？」

更科は、春花のコンプレックスを知っている。だからさり気なく、彼女達を遠ざけてくれたのだと今分かった。繋いだ手の力強さが、春花を励ましている。

「いえ、その……私もソフトクリームが食べたいな、と」

思いついたことを口にすると、彼は微笑んだ。優しい眼差しは、彼女達に向けられたそれとは明らかに違っている。

「最前列の席が空いている。君は先に座ってなさい」

「え？　いえあの、自分で買いに行きますので」

売店に行こうとするのを慌てて止めるが、彼はそっと手を離した。

「私も、コーヒーが欲しいのでね」

くるりと背を向け、行ってしまう。更科らしいクールな優しさに触れ、春花の胸は熱くなる。

スタンドの階段を下りると、二人ぶんの席を確保して彼を待った。

日曜日の水族館は混んでいて、ショーの会場も大方席が埋まっている。カップル率が高く、いかにもラブラブといった空気を醸《かも》し出している。

(やっぱり、一目で女性と分かる格好のほうがよかったのかな)

春花がどんな服を着ようと、更科ならすべて肯定してくれる。でも、さっきのように気を遣わせるのはよくない。もしも、これから先お付き合いするとしたら——

いや、お付き合いしたいからこそ考えるべきだ。

(女らしいファッションやメイク……かあ)

先ほどの女子三人を頭に浮かべた。それぞれお洒落《しゃれ》で、すごく可愛らしい雰囲気だった。女子大生らしい、若い華やぎもある。

そこでふと、更科について聡子が語っていたことを春花は思い出す。

『女子学生に人気なの』

彼女達が、そのファンなのだろう。

(そういえば、美月さんが言いかけたことって、何だろう。タイプとかって聞こえたけど)

春花はちょっとだけ首をひねり、すぐに思い至った。

こんな人がタイプだったの——?　と、言いたかったに違いない。

憧れの先生が、男みたいな女とデートするなんて信じられない、と。

「どうしたんだ、ぼんやりして」

「ひゃっ」

いきなりソフトクリームが差し出され、春花は飛び上がった。いつの間にか更科が戻って来ている。

「す、すみません。気が付かなくて」

隣の席に置いたバッグを膝に移動させ、ソフトクリームを受け取った。

「あ、おいくらでしたか。お金を……」

「気にするな」

更科は腰かけると、湯気の立つコーヒーを含んだ。

「ありがとうございます。いただきます」

「うむ」

実は前回の見合いでも、食事代を出してもらっている。お金という形でなくとも、いつかお礼をしなければと春花は思った。

「何を考えていたんだ？」

無理に訊《き》き出そうというのではなく、どこか心配そうな口調である。

「いえ、その。さっきの……」

「うん？」

春花は言いよどんだ。女らしい服装とか、タイプとか、彼にそのまま話せることではない。

「あの——彼女達は、文系の学生さんなんですよね。でも、理系の先生のことをよくご存じだな……と」

「ああ、三人とも文系の学生だが、私の講義を欠かさず受けているからね」

「先生の講義を？」

更科が頷く。

「明都大では、一、二年生の教養課程で、理系学部の教授が文系の学生に向けた講座を開いている。これがなかなか好評なんだ。特に熱心なのが彼女達のような女子学生でね。女性は大概理科嫌いだというが、近頃はそうでもないらしい。いい傾向だと思わないか？」

「は……はあ。確かに」

どうやら彼は、自分がモテるということに関して、まったくの無自覚らしい。どう考えてもその女子学生達は、講義ではなく更科を目当てに集まっている。

でも、嬉しそうな彼に、そんなことは指摘できない。

「えっと……これから理系女子が増えそうで、楽しみですね」

「ああ。女性ならではの感性が、科学の発展に大きく結び付くだろう。喜ばしいことだ」

ソフトクリームが溶けてしまう。話が明るくまとまったところで、春花は食べるほうに専念した。

「美味《うま》いか？」

「はいっ。ソフトクリームなんて、久しぶりです」

「ふふ……クリームが付いてるぞ」

更科は目を細めると、ハンカチで春花の口元を拭《ぬぐ》ってくれた。

「ダッ、ダメですよ。ハンカチが汚れてしまいます」

「大丈夫だ。予備を持っている」

（そういうことではないのですが……）

まるで、子どもの面倒を見る父親のようだ。だけど、大きな存在に守られているみたいで心地いい。少し恥ずかしいけれど、素直に甘えることにした。

「始まったな」

音楽が流れ、イルカショーの開幕がアナウンスされた。

三頭のイルカがプールに放され、勢いよく泳ぎ回る。直線コースでスピードを上げて、一斉にジャンプした。見事な跳躍に、会場は観客の拍手と歓声に包まれる。

「す、すごい。イルカって、近くで見ると大きいんですね」

「最前列は迫力があるだろう」

ついさっきまでお父さんみたいだった更科が、今は少年のように目をキラキラさせている。ショーの間じゅう、彼の眼差しはイルカ達に注がれ、春花には時々笑顔を向けるだけ。

楽しそうな彼の隣で、春花はイルカにちょっぴり嫉妬《しっと》していた。

ショーの後、二人はゆっくりと館内を見学した。更科は春花の手を取ったり、時には背中や腰に腕を回してリードする。混雑するフロアで、春花はずっと彼に守られているのを感じていた。

水族館を出ると、午後一時を回っていた。更科が予約したというレストランに車で移動し、ランチタイムとなる。

「素敵なお店ですね。窓から海が一望できて、気持ちいいです」

「イタリアンダイニングと言うらしい。女性の好む店はよく分からんので、ネットで適当に選んだ。君が喜んでくれて何よりだ」

水族館からそれほど離れていない、海岸沿いに建つレストランは、女性に人気のようだ。周りのテーブルはカップルと女性グループで埋まっている。

「食事の後はどうする？　水族館に再入場してもいいし、陸続きの島を散策するのも面白いぞ」

「わあ、迷っちゃいますね」

レストランの予約といい、更科はデートのためにいろいろ段取りしてくれる。業務連絡のメールからは想像できないマメさである。

（更科さんって、女の人と付き合った経験、あるのかな？）

メニューの陰から、そっと窺《うかが》う。女子学生にモテるというのも頷ける端整な顔立ち。理知的な魅力。これほど見栄えのいい男性が、ずっと一人だったとは考えにくいけれど……

しかし、もしかして、と思うこともある。

――私は君を観察し、実験し、この現象が何なのか研究したい。

彼は春花の中では、『ちょっと変態だけど、いい人』という位置づけにある。この『ちょっと変態』が世の女性にどれだけ許容されるのか。……とはいっても、今こうして普通にデートしていると、あの夜の出来事はすべて夢だったように思える。彼はどこからどう見ても、スマートで洗練された、魅力溢《あふ》れる大人の男性だ。

ノンアルコールのスプマンテが運ばれてきた。春花はあれこれ考えるのをやめて、グラスを掲げる更科と乾杯した。

魚料理とサラダ、パスタのランチは、女性好みの彩《いろど》りと味付けでとても美味《おい》しい。舌もお腹も満たされて、会話も弾んだ。

「イルカショー、すごかったですね。あんなに高くジャンプするなんて、びっくりしました」

「そうだろう。助走距離が短いプールで、五メートル以上も飛ぶのだからね。しかしイルカにとっては朝飯前のパフォーマンスだろうな。小笠原《おがさわら》で見た野生の彼らは……」

イルカの話になると、更科はより熱心に解説を始める。春花は相槌《あいづち》を打ちながら聞き入っていた。

クールな彼をここまで夢中にさせる、イルカという生き物に興味が湧いてくる。

「野生のイルカって、見たことがないです。泳ぐ姿は迫力でしょうね」

「ああ、ダイナミックでスピードも速い。流線型のフォルムに、水の抵抗を抑える皮膚《ひふ》の構造。イルカの身体は泳ぐのに適しているが、最大のポイントは尾びれにある。上下に尾びれを振る、いわゆるドルフィンキックだな」

「あ、水泳で言うと、バタフライのキックですね」

「そうだ」

更科は嬉しそうに微笑む。

「イルカは好奇心の強い生き物だから、人間やボートにかなり近付いてくることもある。そんな時、私はいつも見惚《みと》れてしまうんだ。全力で泳いだり、ジャンプする彼らの姿は実に美しい。君のように……」

「えっ？」

更科の視線は、春花にまっすぐ注がれている。イルカへの情熱が、知らぬ間に春花にシフトしていたようだ。

「春花」

「は、はい……」

店員が食後のコーヒーを運んで来た。更科は唇を開きかけたが、すぐに閉じてしまう。

何を言おうとしたのか、春花は分かる気がして緊張した。

「私は、水族館のイルカも、小笠原のイルカも、皆大好きだ。世界中のイルカを愛している。どんな環境下でも、彼らには幸せでいてほしい」

「……更科さん」

「それと同じくらい大きな想いを君に抱いている。どこにいても、どんな時でも君を幸せにするよ」

レストランを出た後、陸続きの島を散策した。のんびりと景色を楽しんだり、岩場の潮《しお》だまりで磯《いそ》遊びしたり。彼といる時間はあっという間に過ぎてしまう。

気が付けば夕暮れ時。浜辺を歩く二つのシルエットが、遠くまで伸びていた。

潮騒《しおさい》が春花を包み、想いが溢《あふ》れて止まらない。ただ一日デートしただけなのに、昨日よりもっともっと更科陸人を好きになっている。

人影もまばらな渚《なぎさ》まで来て、二人は立ち止まった。

「あの、私……」

「うん」

凪《な》いだ海に島影が浮かび、灯台の灯《あか》りが揺れている。春花の人生で、今ほど上がったことがあっただろうか。インターハイの予選ですら、これほどは緊張しなかった。

それでも、春花はしっかりと返事をする。

「私、更科さんと結婚します」

「春花……」

彼の眼鏡に映るのは、夕陽に照らされた自分の姿。頬も首筋も真っ赤に染まっている。

ストレートに言えたものの、心の中は大変なことになっていた。今すぐ逃げ出してしまいたい。

「ありがとう。ありがとう、春花」

手首を掴まれ、逃げるのを阻まれる。そのまま引っ張られ、抱きしめられる予感がした。

だけど春花は、想いとは裏腹に顔を横に振る。プロポーズの返事の他にもう一つ、肝心なことを忘れてはいけない。

「待って、更科さん。一つだけ訊《き》いておきたいんです。この前の……実験についてなんですけど」

手首を引こうとした彼は力を緩め、ますます赤面する春花を見下ろした。

「実験？」

春花は小さく息を吸い込む。

「そうです。更科さんはこの前、こう言いました。私のことを観察して、実験をしたい。それが男として、研究者としての……よ、欲求だと。それで、すごく気になるんですけど。実験というのは、例えばどんなことをするのでしょうか」

私は更科さんが好き。結婚のことも自分の意思で、前向きに考えた。だけど、これだけはどうしても確かめておきたい。

いい人だけど、ちょっと変態――そんな彼と結婚するなら、それなりの覚悟が必要だから。

「なるほどね」

更科は納得の表情になった。春花を捕らえる指先の力は抜いているが、手首は離さない。

「どんなこと……要するに、実験内容が気になるのか」

「はいっ」

春花は大きく頷く。

更科は片方の手で眼鏡の位置を直すと、口元に笑みを浮かべた。

「そうか。ふふ……ちゃんと覚えていてくれたんだな」

あんな強烈な告白、忘れられるはずがない。責めるように見返すと、彼の目が妖《あや》しく光った。

みるみるうちに夕陽が傾き、暗いオレンジ色へ景色は変わる。この情景を危険なものに感じるのは気のせいだろうか。

「実験の内容。それはだな、春花……」

「……」

しばしの沈黙の後、彼は凄絶《せいぜつ》な色気をたたえた目で言い切った。

「それは、秘密だ」

「え……」

秘密――

言葉の意味を理解するのに、数秒を要する。脳裏に一瞬、理子の顔が過《よ》ぎった。

「それは、言えないってことですか？」

「ああ」

「ど、どうしてですか。そんな」

春花は軽く混乱する。プロポーズを受けてよかったのかと、迷いまで生じてきた。これはマズイのではないだろうか。

「春花」

更科は低い声で呼ぶと、手首を強く握ってきた。春花は反射的に抵抗するが、強引に引き寄せられ、腰に回った腕にがっちりと抱かれてしまう。

「な、何を……」

逃げることは許されない。細められた目が、眼鏡の奥で先ほどにもまして妖《あや》しく光っている。

春花は抵抗を諦め、腕の中で大人しくした。

「では、私からも質問だ。君にとって実験の内容とは、それほど重要な問題なのか？」

「え……」

至近距離で見つめ合う。更科の目は怖いけれど、彼はどこまでも真面目である。

「私との結婚を迷うほど、気がかりな案件なのか？」

「そっ、それは……」

いつしか太陽は沈み、濃紺の空に星が瞬《またた》いていた。寄せては返す波のリズムが、春花の混乱を宥《なだ》めてくれる。

「更科さ……」

かすれた声での呼びかけは、彼の唇に吸い取られた。熱く柔らかな感触に、春花は気が遠くなりそうになる。

この温《ぬく》もりに比べたら、私の疑問など些細《ささい》なこと。不安に思うことなど、何もない。

可愛いお嫁さんになりたい。彼の隣で――

キスが解かれ、春花はまるごと抱きしめられた。

「結婚しよう、春花」

「はい」

熱のこもる囁《ささや》きが、身体を心地よくさせる。やっぱりこの人は強引だ。

更科陸人にすべてを任せ、眠るように目を閉じた。

お見合いとは結婚を前提とした出会いであるから、うまくいけば進展も速い。周りも結婚に対して前向きなので、先へ先へと後押ししてくる。

プロポーズを受けてから二週間後の日曜日。春花は駅前のコーヒーショップで、更科と待ち合わせをしている。楽しみすぎて、約束の時間より、かなり早く来てしまった。

「ああ、何だかドキドキする」

この二週間、更科とは電話とメールでやり取りするのみで、顔を合わせていない。

だけど、こんなにドキドキするのは、久しぶりに会えるからだけではない。

今日は彼と一緒に、ホテルで行われるブライダルフェアに出かけるのだ。つまり結婚式場の下見である。つい最近まで別世界の言葉だった結婚の二文字が、いきなり現実となって自分の身に起ころうとしている。そのスピード感に対し、動悸《どうき》がするのだ。

水族館デートの帰り、更科は八尋家に春花を送り届けた。そして、母にあらためて挨拶《あいさつ》をすると、二人が結婚を決めたことを報告した。

『更科さん、本当にありがとうございます。よかったね、春花！』

母は涙ぐみ、喜びを分かち合うように、父の仏壇に手を合わせていた。

あの日、春花は更科陸人の婚約者になったのだ。

(信じられない。でも、夢でも幻でもないよね)

バッグからスマートフォンを取り出すと、更科からのメールを確認した。

《結婚の進行について（案）

五月の連休中に具体的な事柄を相談したい
まずは式場を押さえるべきだと考える
私としては、君の希望をもとに検討したい

不都合があれば連絡すること――以上》

彼からのメールは相変わらずこんな調子で、甘いムードは一切ない。だけど、早くことを進めようという、意気込みだけは伝わってくる。

(この勢いだと、式場さえ押さえたら、すぐにでも式を挙げちゃったりして)

結婚に対して前のめりなのは、更科だけではない。春花の母も、媒酌人《ばいしゃくにん》を引き受けた聡子も、揃って後押ししてくる。更科の話では、彼の両親もずいぶんと乗り気らしい。

それを聞いた春花は、喜ぶと同時に心配になった。横浜に住むという彼の両親に、まだ挨拶をしていない。それなのに、勝手に段取りを決めていいのだろうか。

不安になって更科に訊《き》くと、彼はクールかつ大真面目に答えた。

『大丈夫だ。君について話したら、「変わり者の息子を引き受けてくれるとはありがたい。逃げられないうちに早く一緒になりなさい」と、言っていた』

(ご両親に変わり者扱いされる更科さんって一体……)

脱力した春花だが、ひとまず安心した。とにかく二人の結婚話は順風満帆《じゅんぷうまんぱん》。怖いくらいのスピードで走り出している。

「おはよう、春花」

「あっ、おはようございます！」

いつの間にか、更科が傍《そば》に立っていた。ふいに現れた彼を見上げ、春花の胸はより激しくときめく。

ストライプシャツに水色のジャケットを羽織り、白のパンツを合わせている。この季節に相応《ふさわ》しい爽《さわ》やかな出で立ちだ。年齢相応の落ち着いたデザインなのも好感が持てる。

更科は意外に服装のセンスがいい。それとも、素材のいい人は何を着ても素敵に見えるのだろうか。

「フェアの受付開始まで、まだ余裕があるな」

時計を確かめてから、彼はカウンターへ歩いた。コーヒーを手に戻って来ると、春花の向かいに腰かける。窓の光が眩《まぶ》しいのか、目を細めている。

「今日はまたイメージが違うな」

「え？」

「きれいな色合いだ。デザインも洒落《しゃれ》ている」

春花の服装のことだ。今日はパンツではなく、スカートを穿《は》いている。

「あ、ありがとうございます」

コットンレースの上品なスカートは、今日のために新調した。初めてのデートではパンツを選んだけれど、今回は女らしく着飾っている。照れくさくても、更科のためにお洒落したいと思ったのだ。

「うむ。ズボンもいいが、スカートも似合う」

パンツではなくズボンと表現するところが更科らしい。春花はつい、クスクスと笑った。

「ん、可笑《おか》しいか？」

「いえ、ごめんなさい……」

じっと見つめられ、何となく声が小さくなる。

久しぶりに会う彼は、いつもどおりクールな雰囲気だ。落ち着き払った態度から、あの浜辺での行為は想像できない。春花はギャップを感じるけれど、それも魅力に思えた。

カップに寄せる彼の唇を意識してしまう。この二週間、片時も忘れることができなかった。

人生初めてのキスは、春花の心と身体にとてつもない衝撃を与えている。

「そろそろ行こう。もうすぐ受付が始まる」

「は、はいっ」

知らぬ間にコーヒーを飲み切っていた。あの夜を思い出すと、いつもこんな風にボーっとしてしまう。それにしても、本人を前にぼんやりするとは、かなりの重症だ。

それに比べて、更科はいたって平常心。余裕の態度で春花に接している。

（九つも年上の大人だから？　それとも……やっぱり、恋愛経験があるんだろうな）

春花にすら多少の経験がある。キスまでいかなくとも、あれは確かに恋だった。呆気なく消えてしまったけれど。そう思うと、更科に恋人がいなかったなんて、到底考えられない。

コーヒーショップを出ると五月の風が吹き抜け、春花の髪とブラウスを揺らした。襟元を押さえる指先に、海色の宝石《いし》が触れる。

（大丈夫、この人なら）

何となく更科に寄り添う。昔の傷ついた恋より、今の想いを大切にしたい。

式場選びに関して、更科は『君の希望をもとに検討したい』とメールをくれた。

春花はまず、インターネットで式場を探してみた。海外チャペルから地元の神社仏閣まで、式の形態も会場も無数にあって選びきれない。

結局更科と相談し、招待客の人数と利便性を考慮して、ホテルウエディングに的を絞った。最終的な式場候補となったのは、東京駅にほど近いミッドビューホテル東京。二十階建ての近代的なビルは、二年前に建て替えられたばかりだと言う。

「立派なホテルだな」

「はい。それに、すごくきれいですね」

正面玄関を一歩入ると、ラグジュアリーな雰囲気に満ちていた。吹き抜けのロビーは、とても明るく広々としている。フロントの手前に、ブライダルフェアの受付を見つけた。春花は更科と並んで、磨き上げられた床をゆっくりと進んで行く。

(わあ、きれい)

受付の手前に、ウエディングドレスが展示されている。真っ白な生地に、レースや刺繍《ししゅう》の装飾が施《ほどこ》され、うっとりするほど美しい。

このドレスを着て、彼の隣に立つのを想像してみた。幼い頃の夢が、現実になるかもしれない。

「ここに決めるか?」

「はい。あっ、でも、フェアを体験してからにしますよ?」

「ふふ……そうか」

頬を上気させる春花を、微笑ましそうに見つめる。

(更科さんって、王子様みたい)

実は、さっきから気が付いている。ホテルの女性スタッフから、フェアに訪れたカップルの女性まで、更科に見惚《みと》れていることに。

当の本人はまったく意に介さず、春花だけ気に留めているのが不思議でならない。

(更科さんは王子様だけど、私はお姫様という柄じゃないし。ホント不思議)

今日はスカートを穿《は》いているので、一応女に見えるだろう。でも、もしパンツだったら、絶対周囲に誤解されるはず。そう、この前のデートみたいに。

水族館での出来事が蘇《よみがえ》る。甘い甘いケーキのような、可愛らしい女子学生。更科と春花が手を繋いでいるのを見て、ショックを受けていた。

あの女性《ひと》なら、王子様に相応《ふさわ》しいお姫様だと、きっと誰もが納得するのに。

「春花、どうした?」

「あ、いえっ」

ぶるぶると頭を振る。今、とんでもないことを考えてしまった。

「緊張してるのか?」

「え、ええ。ちょっと……」

動揺をごまかそうとしても、うまくいかない。心が乱れていた。

春花の肩に更科の腕が回り、そっと抱き寄せられる。

夜の浜辺の、熱い抱擁《ほうよう》を身体に思い出した。

「すみません、私……」

「まだ始まったばかりだよ。ゆったり構えなさい」

大切なのは、ときめくこの気持ち。二人の意思だと分かっているのだ。でも……

誰もが納得するような、彼に相応《ふさわ》しい姿になれたなら。

魔法使いの登場を切実に願う春花だった。


ブライダルフェアというのは、結婚式場でどのような式や披露宴《ひろうえん》が行われるか、具体的に下見できるイベントだ。

ミッドビューホテル東京では、模擬《もぎ》挙式・披露宴の見学をメインに、料理試食会、ドレスの試着、引出物の展示会などが催《もよお》されている。

数ある体験企画の中、春花はドレス試着を強く希望していた。少しでも美しい花嫁になるため、衣装は慎重に選びたい。そして何より、体型に合うドレスがあるかどうか、それだけは確かめておきたかった。

ひととおり企画会場を回った後、二人はホテル内のカフェで休憩をとることにした。

「さて、午後の予定は……一時からドレスの試着。その後、ブライダル相談会を予約してある。もう一息だな」

更科はカップを置くと、椅子の背にもたれてリラックスする。春花は頷くと、時計を確かめた。

「見るものがたくさんあって、午前中はあっという間でしたね」

「私のほうは特に問題ないが、春花はどうだ。このホテル、気に入ったか？」

「はい、とても」

ホテルの外観は近代的な建物だが、内側は西洋風のヒストリカルなデザインが施《ほどこ》されている。おとぎ話の世界に迷い込んだかのようで、春花は胸を高鳴らせた。

また、新緑の庭に建つチャペルは、街中《まちなか》とは思えないほど静かで、厳《おごそ》かな空気に包まれている。午前中に行われた模擬《もぎ》挙式を、二人は長椅子に座って見学した。

バージンロード、神父様、ステンドグラスの透過光。ロングトレーンの美しいドレスを纏《まと》う花嫁に、女性の見学者は皆、自分の姿を重ねただろう。もちろん春花もその一人である。

（私、本当に結婚するんだ。更科さんと……）

始まりは偶然の出会い。そして、突然の見合い話からプロポーズへと、階段を跳ぶように上がってきた。つい最近まで見知らぬ人だったのに、これから先の人生をともにする、その不思議。

新郎新婦が光の中、誓いのキスを交わしていた。

その時、春花はようやく実感することができたのだ。彼と結婚するということを。

「とても、気に入りました。あなたさえよければ……ここで、結婚式を挙げたいです」

「そうか」

この微笑みを独り占めしたい。そう心から望むほど、彼を好きになっている。巡り合わせは不思議でも、この気持ちは揺るぎない真実だ。

「できるだけ早く、実現させよう」

満足そうに見つめられ、春花は頬を染めた。

午後一時。五階の衣装室に移動した。試着希望者には一組に一人ずつ担当者が付いて、中を案内してくれる。春花達の担当者は、三十代半ばくらいの女性だった。

「マネージャーの寺内《てらうち》と申します。よろしくお願いいたします」

彼女はウエディングプランナーでもあるとのこと。きびきびとした動作が頼もしい。

フロアはパーティションでざっくりと仕切られ、床にはカーペットが敷きつめられている。

奥にはスタジオがあり、ウエディングドレスを試着した女性が、鏡の前でくるりと回るのが見えた。ヴェールや手袋といった、装飾小物も身に着けている。

(わあ……可愛いなあ)

胸元とスカートに薔薇《ばら》の花があしらわれた、初々《ういうい》しくも華やかなデザイン。ふわりと広がるプリンセスラインは、まさにお姫様のドレスだ。

私も試着したい――春花は一瞬考えるが、一人で首を振った。

いくら何でも、あんな可愛らしいドレスが似合うはずもない。更科の隣で舞い上がっているといっても、それは自覚している。

受付番号が表示されたスペースに到着した。両側に立つパーティションの向こうに人の気配がする。ドレスの試着はやはり人気のようで、どの会場より賑《にぎ》わっていた。

「ドレスにお着替えする間、男性の方にはスタジオで待機していただきます」

「ああ、なるほど」

寺内の言葉に、更科はホッとした様子になる。もしや、着替えを手伝わされると思ったのかもしれない。いつもクールな彼が珍しく焦ったようで、春花はちょっと可笑《おか》しかった。

「では、早速衣装選びをいたしましょう。八尋様、どうぞこちらに」

案内されたのは、広々としたクローゼット。白を中心に、色とりどりのドレスが並んでいる。

「さてと、まずはサイズですね」

春花に見向くと、寺内は手元のバインダーを確かめた。そこには、春花の身長を記入した用紙が挟まっている。

「お客様は、お背が高くていらっしゃる。手足が長く、しっかりとした骨格。肩幅も、日本人女性にしては広いですね……」

「あ、はい」

寺内はメジャーで肩幅や袖丈などを測り、用紙に記入していく。

「ううむ」

採寸を終えると、寺内は唸《うな》りながらバインダーを確認した。もしかして、私の体型に合う衣装がないのでは？　と、春花は不安になる。

お客様のような体型に合うご衣装はございません。そう言われるのを覚悟したが……

「素晴らしいスタイルでいらっしゃいます。八尋様におすすめのドレスがございますよ！」

「……え？」

寺内はわくわくした様子で、クローゼットの一角に春花を連れて行った。

「こちらは日本で挙式する外国人女性のためにと企画した特別なラインナップです。海外の一流ブランドと契約した、デザインも品質も最高級のドレスですよ」

「そ、そうなんですか」

ラックに吊るされた五着のドレスは、それぞれラインが異なるけれど、どれも大人びたイメージだ。なるほど、他のドレスに比べるとサイズが大きく、生地の質感も違っているように見える。

「欧州の洗練されたデザインは、凛《りん》とした女性の魅力を際立たせます。八尋様なら完璧に着こなせることでしょう」

（凛とした……女性の魅力？）

その一言に、春花の心は動いた。こんな私でも、美しい花嫁になれるのだろうか。

「見せてもらってもいいですか？」

「ぜひ、どうぞ！」

しかし、春花にはどうもピンとこない。正直なところ、自分に似合うデザインがどれなのか判断がつかないのだ。

「一番似合いそうなのは、どれでしょう？」

「そうですねえ。外国人女性と比べれば、八尋様はやや細身ですので」

細身？　耳慣れない言葉に、春花はそわそわしてきた。

「こちらなどいかがでしょう」

すすめられたウエディングドレスは、優美なマーメイドライン。デザインはシンプルだけど、それだけに着る人のスタイルを強調する。少しためらうけれど、とりあえず試着スペースに戻り、着てみることにした。

「まあ、とてもよくお似合いですよ！」

「……」

鏡の前で、春花は自分の姿に目をみはった。

大人びたデザインは、背が高く引き締まった身体《ボディ》と調和している。それに、広い肩幅もベアトップで思い切り出してしまえば、かえって気にならない。とても新鮮な発見だった。

「お背が高い方にこそ、映《は》えるドレスがございます。ああ、本当に素晴らしい」

寺内は大げさに褒《ほ》めるけれど、リップサービスばかりではないはずだ。なぜなら今の春花にも、この姿が自分だとは信じられないくらいなのだから。欠点だと思っていた部分が、魅力に変わるなんて。

「健康的で滑《なめ》らかな素肌がまた、お美しいですね。ブランドイメージにぴったりです」

ドレスのコンセプトは、花嫁の凛々《りり》しさと美しさ。『可愛い』とは違うけれど、春花は胸の高鳴りを覚える。

(更科さん、どんな顔をするかな)

彼ならきっと、「きれいだよ」と言ってくれる。感激し、抱きしめてくれるイメージが、はっきりと浮かんだ。

「私、このドレスに決める。いいよね？」

鏡に向かって、春花は問いかけていた。

試着会の後、春花は更科とともにブライダル相談会に参加した。ウエディングプランナーの寺内が受け持ってくれて、そのまま担当者となった。

相談会で、二人はこの秋、ミッドビューホテル東京で挙式することが決まった。仮予約まで入れて、あれよあれよという間に準備は進む。春花は実感が湧かないまま、寺内の説明を聞いていた。

「あと、お衣装のことですが。ヴェールやブーケ、手袋や靴といった付属品を、トータルなイメージでお選びいただきます。準備が整い次第ご連絡を差し上げますので、再度のご試着をお願いいたします」

「分かりました。よろしくお願いします」

寺内の丁寧な説明に、思わず笑顔になる。

見ると、更科も嬉しそうに微笑んでいる。

「楽しみだな。その時は私も付き添うぞ。今度こそ、君のドレス姿を堪能する」

「はい」

気持ちが通じたかのような彼の申し出に、春花は顔を輝かせた。

実は先ほどのドレス姿を、更科はまだ見ていない。スタジオで待機する彼に仕事の電話が入り、廊下で話しているうちに時間が過ぎてしまったのだ。

スタジオに戻って来たのは、春花がドレスを脱いだ後。スマートフォンで撮影した写真を見て『素晴らしい』と興奮していたが、やはり実物を確かめたかったようだ。

「ではその時に、新郎様のお衣装をお選びいただいては？」

「ああ、そうか。私の衣装も必要だったな」

花婿の衣装は、花嫁のドレスに合わせて選ぶとのこと。更科のタキシード姿を想像し、春花はぽーっと頬を染めた。

「どうした、ぼんやりして。疲れたのか？」

「いえ、違います。ただ、ドキドキして……」

こんな素敵な人と結婚するなんて、未だに夢のよう。それに、怖いくらいのスピードで準備は進んでいる。その原動力になっているのは、彼の情熱ともいえる。

（この人と結婚して、一緒に暮らし始めたらどうなるんだろう）

更科陸人と二人きりの生活――

スイートホームでのあれこれを思い巡らせ、春花は一人うろたえるのだった。


連休明けの月曜日。春花は外回りを終えて会社に戻り、オフィスへの廊下を歩いている。疲れているはずなのに、スキップしたくなるほど足取りが軽い。

（なんだか充実してる）

今年のゴールデンウィークは忙しかった。

毎日のように更科と会い、結婚について話し合っていたからだ。と言っても事務的なものではなく、二人の未来を思い描く楽しい相談である。新婚旅行の行き先から新居での生活まで、話題は尽きない。式場選びとはまた違う、わくわく感があった。

ちなみに、更科の住むマンションが新居となることに決まった。タイミングが合わずまだ訪れたことはないけれど、そこは二人で住むには十分な広さがあるという。

試行錯誤はあるけれど、更科と相談するうち、いろんなことがどんどん具体化していく。本質的に気が合うのかもしれない。そう思うと、嬉しさのあまり顔がにやけてしまうのだ。

それに、結婚準備はデートも兼ねているので、時々甘いムードになったりする。手を繋いで街を歩き、別れ際に軽くキスをするのも、自然な振舞いになりつつある。

付き合い始めの中学生カップルのようで、ちょっと恥ずかしいが、それでも、恋愛に疎《うと》い春花には夢のような展開である。足取りが軽いどころか、天にも昇る心地だった。

「どうした、ニヤニヤして。連休中にいいことでもあったか」

営業部オフィスに戻ると、神林がからかってきた。彼は仕事を終えたらしく、自分のデスクでコーヒーを飲んでいる。

「や、別に何でもありませんよ?」

「ふふん、どうかねえ」

更科のことは、会社では理子以外に話していない。式の日取りが正式に決まったら、上司に報告するつもりでいる。

しかし、イケメンモテ男の神林は恋愛ごとに敏《さと》く、春花の変化に気付いているようだ。

「さっき、お前のファンが廊下でうろうろしてたぞ」

「えっ？」

ファンというのは、以前春花に誕生日プレゼントを持ってきた、他課の女性社員だ。お礼はいらないと言われても、やはり気になっていた。

「お前が気にしてたから、どこの課か訊《き》いてやろうと思ったんだ。そしたら、向こうから質問してきたんだよ。『私達、街で八尋センパイを見かけたんですけどお～』」

声色を使い、面白そうに話す神林を、上司や同僚が注目している。春花はもしやと思い、慌てて彼の発言を遮った。

「ちょ……待ってください。すぐに帰り支度しますから、外で話しましょう」

「おや、そうなの。了解いたしました～」

神林はわざとらしく手で口を覆い、小刻みに肩を揺らした。笑いを堪《こら》えているらしい。

（もう、暇人だなあ）

業務報告書を作成し、デスク回りを急いで片付けると、神林を引っ張って退社した。

「連休中に、お前が男と歩いてるのを目撃したんだと。『あの人、八尋センパイの彼氏なんですか？』とか言ってさ。えらく興奮してたぞ」

「う……」

通用口を出たところで、何となく神林と立ち止まる。外は日が暮れかけ、ビルや商店に灯《あか》りがともり始めていた。更衣室で着替える間もなかったので、春花は白シャツにパンツという営業用スタイルのままだ。冷汗が滲《にじ》む首筋に夜風が当たり、少し肌寒い。

「もちろん俺は知らないから、知らないって答えたけどな。背が高くてイケメンで、かなりいい男だとか？」

「そっ、それは……」

神林は冷やかす口調で言い、肘《ひじ》で突いてきた。これはもう、完全にバレてしまったようだ。

春花のファンだという二人組は、事の真相を探るため、営業部で出待ちしていたらしい。好意を寄せてくれるのは嬉しいが、芸能人扱いは困ってしまう。

「はい。実は……お付き合いしています」

「やっぱり！　もしかして、結婚前提で？」

神林まで芸能記者のように突っ込んでくる。マイクを向ける仕草をするなど、完全に面白がっているようだ。しかしいずれ話すことだと思い、春花はしぶしぶ肯定した。

「そうかあ。よかったじゃないか。おめでとう、八尋」

「あ、ありがとうございます」

先ほどの芸能リポーターから一転、神林は春花の肩をぺしっと叩き、嬉しそうに笑った。どうやら、ただの好奇心で訊《き》き出したわけではないようだ。

「いやあ、お前のことは心配してたんだ。だって、今年に入ってからいま一つ元気がなかったし」

「神林さん……」

見合いが失敗続きで、実はずっと落ち込んでいた。表に出さないようにしたつもりでも、面倒見のいい先輩には、お見通しだったのだ。

「それで、結婚したら会社をやめるのか？」

「いえ、勤めるつもりでいます。新居は近くですし」

「そうか。それは営業部としても助かるぜ。……ところで八尋」

神林はにやりとして、春花に一歩近付いた。内緒話をするみたいに、顔を寄せてくる。

「な、何ですか？」

「あのな、その彼氏ってどんなやつ？　目撃情報によると、背が高くてイケメンらしいが。もしかして、眼鏡をかけたインテリ風？」

春花はびっくりして、神林を見返す。

「はい、そうですけど……」

「年齢は俺と同じか、ちょっと上くらい。メタリックグレーのクーペに乗ってたりして」

「どうして分かるんですか？」

推測にしては、あまりにも具体的すぎる。困惑する春花に、神林は小さな声で囁《ささや》いた。

「たとえば、あんな感じ？」

「えっ」

神林が目で指すほうを、春花は振り向いた。

道路脇に、メタリックグレーのクーペが止まっている。その傍《かたわ》らに立っているのは、眼鏡をかけた背の高いイケメン男性――

「更科さん！」

どうしてここに？　彼氏の予期せぬ登場に、春花は自分でも驚くほど動揺した。

「やっぱりな。さっきから視線を感じてたんだ」

「視線？」

「いいねえ、これからデートか」

「あ、いえ。今日は約束してないですけど……」

首を横に振るが、神林はいやらしい目つきになる。

「頑張れよ、八尋」

もう一度肩をはたくと、更科と会釈《えしゃく》を交わしてから彼は立ち去った。

（頑張れって、一体何を？）

先輩のエールに首を傾げるが、考え込んでいる場合ではない。こちらを見てじっと佇《たたず》む、更科の傍《そば》に駆け寄った。

「こんばんは。どうしたんですか？」

更科は仕事帰りのようで、ワイシャツにベスト、スラックスという組み合わせだ。夜風に吹かれたせいか、珍しく髪が乱れている。

「ああ、突然すまない。帰ってから電話しようと思ったのだが、やはり会いたくて」

「え……」

会いたくて――彼の素直な一言に、春花の胸はきゅんと音を立てた。

「そ、そうなんですか。何か、特別なお話でも？」

「うむ。寺内さんから連絡をもらったんだ」

「あ、結婚式の日取りについてですね」

寺内は、春花達を担当するウエディングプランナーに正式に決まった。先日の相談会で仮予約したのだが、なるべく早い時期に挙式できればと希望していたから、その返事だろう。

「どうでした？　秋口に予約できそうですか」

「……」

しかし更科は返事をせず、真顔で春花を見下ろしている。

「あの、更科さん？」

「今のは……職場の人か」

独り言のような質問だった。式の日取りと関係ないことなので、春花は一瞬ぽけっとする。

「今の人……ああ、神林さんですね。営業部でいつもお世話になってる先輩社員です」

「そうか」

何か言いたげな表情で、更科はじっと春花を見つめる。

「どうかしたんですか？　あ、もしかして希望する日取りは無理だったとか」

「いや、そうではなく……変なのだ……」

「変？」

更科は胸を押さえると、苦しそうに眉根を寄せた。春花は驚いて、彼の全身を見回す。

「へ、変って。体調がですか？　どこか具合でも悪いんですか」

「体調は悪くない。ただ、こういった現象は初めてで、戸惑っているだけだ」

「ええ？」

どういうことか分からずオロオロしていると、更科が手を握ってきた。その仕草は、強引ではあるものの何となくいつもの彼らしくない。

「大丈夫ですか？」

「すまない。どこかで食事でもと思ったが、これではだめだ。この現象が何なのか早く解明しなければ。春花、時間はあるか？」

わけが分からないけれど、反射的に春花は頷く。他に約束もなく、時間ならたっぷりある。

「私のマンションに行く。乗りなさい」

低い声で命じると、彼は助手席のドアを開けた。唐突な誘いに疑問を持つ間もなく、春花はシートに座らされた。

（マンションって……更科さんの自宅に、これから？）

これまで一度も訪ねたことのない彼の部屋。結婚後は二人で暮らす予定の新居でもある。

今の発言がどういう意味で、一体何をするつもりなのか。不安と緊張、そして微《かす》かな期待といった、ありとあらゆる感情が一気に押し寄せ、春花の心は余裕を失う。

何も問えぬまま、未知なるスイートホームへと車は走り出した。

更科の自宅は、春花の会社から車で七分ほどの場所にある。ちなみに明都大キャンパスも近く、各地を結ぶときれいな三角形が描かれる。

二人が新生活を始めるにはとても便利で、過ごしやすい土地と言えた。

運河沿いに建つ高層マンションは、一年前に新築分譲されたばかりだという。長年住み慣れたアパートが取り壊されるのを機に購入を決めたと、更科が以前話してくれた。

外観はもちろん、エントランスから個々の玄関ドアに至るまで最新のデザインが施《ほどこ》されている。

春花の住む築三十年の家とは規模も設備も天地の差だ。まさに邸宅と呼ぶに相応《ふさわ》しい立派な住まいである。

運転中、更科は一言も口をきかなかった。駐車場で車を降りると、黙って春花の手を取り、十五階の部屋の前へ連れて来た。

もしかして、何か怒ってる？　と春花が心配になるほど、彼の表情は険しい。

電子ロックを開錠すると、更科はドアを大きく開けた。

「どうぞ」

「あっ、はい」

ようやく声を発した彼に促《うなが》され、中に進んだ。ドアはすぐに閉められ、ロックの音が響く。

春花は二人きりになったことを強烈に意識した。初めて訪れる更科の部屋。ここは、完全なる彼の個人空間だ。遮音性の高い壁に隔てられた、静かな世界が広がっている。

「どうした、遠慮なく上がりなさい」

「え、ええ」

パンプスを脱いで廊下に上がると、ストッキングに包まれた指先が、やけに生々しく目に映る。

春花の心はますます余裕を失い、逃げ出したい気持ちになった。

「ここは君の家でもあるんだよ」

そっと顔を上げると、つい先ほどまでとは一転、穏やかな表情で更科が見守っている。

「すみません。なんだか、緊張して……」

「春花」

繋いだ手が離され、次の瞬間春花は抱き寄せられた。背中と腰に回された腕は力強く、たちまち全身を拘束される。

「さ、更科さんっ？」

「大丈夫だ。落ち着いて」

そんなことを言われても、春花はあり得ないほどドキドキしている。男の人の匂いと息遣い、そして体温。星が瞬《またた》く浜辺での、情熱的な抱擁《ほうよう》が再現されたのだ。

それも二人きりの空間で――

「あっ」

柔らかく、しっとりとした感触が唇を塞いだ。

二度目のキスは深く、するりと侵入してきた異物に口中を蹂躙《じゅうりん》される。微《かす》かに抵抗したけれど、それも形だけのもの。すぐに春花はあの時のように目を閉じて、されるがままになった。

執拗《しつよう》に貪《むさぼ》られるうち、身体の一部が熱くなり、じんわりと濡れ始める。実は自分は彼との触れあいを待っていたのだと、恥じらいつつも春花は認めた。

「……ん」

長い抱擁の後、ふいに腕の力が緩み、キスが解かれた。ときめきに震えながら、春花は更科をそっと窺《うかが》う。

「すまない。つい、興奮した」

「いえ、私……」

私もです。と、続けようとして口をつぐんだ。さすがに、そこまで大胆になれない。

更科は片手で春花を抱いたまま、ずれてしまった眼鏡の位置を直すと、まっすぐに見つめてきた。微かに乱れた呼吸が、キスの余韻を伝えている。

「来なさい。とりあえず、お茶でも飲もう」

マンションの名前はエポラール品川。更科宅の間取りは3ＬＤＫで、ウォークインクローゼットと納戸が付いている。運河側に設けられたバルコニーからは、臨海地区の夜景が眺められた。

「私はこのマンションを、職場に近いからという理由だけで購入した。もちろん、一人で住むつもりでだ。ところが、一年も経たないうちに君に出会い、今は結婚を決めている。春花と家庭を持つと分かっていたら、もう少し広い部屋を選んだのにな」

キッチンで湯を沸かしながら、更科は苦笑まじりに語った。

「いえ、そんな。十分に広いですし、素敵なマンションだと思います」

「そうか？」

「はい。それに、私の職場も近くて、すごく便利な立地ですよ」

春花にとって、贅沢《ぜいたく》すぎる住まいである。その上、更科と一緒に暮らせるのだから、不満などあるはずもない。

「ふむ……職場か。そうだったな」

更科はコンロのスイッチを切ると、背後のキャビネットを開けてマグカップを二つ取り出す。ブルーとピンクのペアカップだ。ピンクに比べて、ブルーのほうはかなり使い込まれている。

「誰かの結婚記念でもらったのだが、片方だけ使っていた。両方使える日がきて嬉しいよ」

「ふふ、そうですね」

春花は思わず微笑んだ。ペアカップの片方を律義に使う彼が、なんだか可愛いと思える。

彼は照れくさそうに笑みを返すと、カウンターにカップを並べた。

「インスタントだが、いいか？」

「ええ、もちろん」

自炊をほとんどしないという彼のキッチンは、さっぱりしている。シンクや調理台は汚れ一つなく新品同様だ。

（いいなあ、このシステムキッチン。楽しく料理できそう）

対面式カウンターも、コンロ回りも広々としている。収納スペースもたっぷりあって、使い勝手がよさそうだ。

「春花は料理が好きか？」

「そうですね。家事の中では、ご飯作りが一番好きです」

子どもの頃から、仕事が忙しい母を手伝っていた。いつからか、学校から帰った後、春花は夕食を作り、母の帰りを待つようになった。

更科はカップに湯を注ごうとした手を止め、こちらを見向く。

「そういえば、三杉さんから聞いている。君は家事全般を手伝っていたと」

「全般って……そんな大したことじゃありませんよ。食いしん坊なので、食事作りは苦にならなかったし。半分は趣味みたいなものです」

あまり感心されても、困ってしまう。ご飯作りが好きと言っても下手の横好きであり、本格的に料理を習ったことがあるわけでもない。

「いや、大したことだ。好きこそものの上手なれと言うだろう」

「……」

返事のしようがなく、カップに湯を注ぐ更科の手元を見ていた。

どうしてこの人は、私のことをすべて肯定し、認めてくれるのだろう――

「よし、リビングで飲もうか」

「あ、私が運びます」

更科が用意したクリームと砂糖。そして、湯気の立つカップをトレイに載せた。

「ありがとう。では、何か摘《つま》むものを用意しよう。後で食事に行くから、軽いものがいいな」

それを聞いて、春花は複雑な気分になった。ホッとしたような、残念なような……

食事に行く。それはつまり、この部屋を出るということ。

更科はいまやすっかり落ち着き、いつものクールな彼に戻っている。さっきまでの、どこか興奮した様子はもう見られない。

二人きりになっても、コーヒーを飲むだけ。それ以上のことは何も起きそうにない。

(だったら、あれはどういう意味だったのかな)

——どこかで食事でもと思ったが、これではだめだ。この現象が何なのか早く解明しなければ。

ソファに座ってぼんやりしていると、更科が斜め向かいに腰かけた。缶入りクッキーをマグカップの横に置いて春花にすすめる。

「どうぞ」

「すみません、いただきます」

気になるけれど、疑問を口にする勇気はない。更科から目を逸らし、何となく前を向いた。

壁面収納の中央に大型液晶テレビが設置されている。棚には書籍の他、海洋生物の模型や骨格標本が収めてあった。イルカ、鯨《くじら》、トドなど海獣《かいじゅう》類の写真も立てかけられ、まるで水族館のスーベニアショップのよう。彼の仕事と趣味が、そのままインテリアになっているのだ。

「素敵なリビングですね。個性的で、お洒落《しゃれ》な感じがします」

「お洒落かどうかは分からんが、気に入ってくれたなら何よりだ。これから先、二人で過ごす部屋だからね」

「え、ええ」

春花はカップを持ち上げると、ひと口含んだ。

インスタントコーヒーだけど、丁寧にドリップしたかのように香り高い。彼が淹《い》れてくれたから、と一瞬考えるが、いや、違う、と思い直す。何より彼と一緒だからこそ、味わい深い一杯になるのだ。

結婚すれば、毎日こうして傍《そば》にいられる。

「ところで春花。寺内さんから連絡をもらった件だが」

「あっ、はい」

結婚式の日取りについてだ。そもそも更科は、そのことを伝えるため春花に会いに来たのだった。

「この秋、やはり前半は難しい。日曜吉日、しかも招待客が百名以上になると、早くからの予約でいっぱいで、調整できないそうだ」

「そうなんですか」

残念だけど、仕方がない。

「それなら、後半はどうですか?」

「うむ。大安に拘《こだわ》らなければ、十一月の第四日曜日が空いているそうだ。念のため押さえておいた」

お日柄に拘るとしたら親世代だろうが、春花は特に気にしない。

「更科さんがよければ、私は大丈夫ですよ」

「そうか。私も特に拘らない。親も反対はしないだろう。ただ、ちょっと先だな……」

更科はそう言うと、難しい顔になり、マグカップに目を落とした。十一月の末というと、半年先になる。あのホテルでなければ、もっと早く式を挙げられるのかもしれない。更科は早い挙式を望んでいるが、春花の希望を大切にして、ミッドビューホテル東京での挙式を実現させようと考えてくれているのだ。

「私、他の式場でも構いませんよ。探せば、きっとどこか空いていています」

「いや……」

更科は、マグカップからゆっくりと顔を上げる。湯気で眼鏡が曇り、表情が読み取れない。

「式場はあのホテルに決めた。私も気に入っているし、何より君の希望を叶えたい。それに、式を挙げるのも十一月でいいんだ」

「えっ……」

更科はポケットからハンカチを取り出すと、眼鏡を外した。

春花は言葉を忘れ、前触れもなく披露された素顔に釘付けとなる。出会ってからこれまで、眼鏡を外した彼を見たことがない。

（嘘みたい。ただでさえ美形なのに……）

男性にしては長い睫毛《まつげ》を伏せ、レンズを拭いている。はらりと垂れた前髪が目元に美しい影を落とし、何とも言えず色っぽい。無防備な風情《ふぜい》は、眼鏡に隠された彼の知られざる魅力である。

「春花。よく聞いてくれ」

「……」

彼は三十六歳のはずだが、角度によっては二十代でも通用しそうだ。突如として現れた美麗な青年に、春花は激しいときめきを覚える。

「君と早く結婚することばかり考えていた。しかし、問題はそこではないと今日分かったのだ」

「は、はいっ？」

眼鏡を装着した更科と向き合い、我に返る。彼はまっすぐな視線で春花を捕らえていた。

「問題は、そこでは……ない？」

「そうだ」

「何か、あったんですか？」

不穏なものを感じて春花が訊《き》くと、更科はなぜか少し目を逸らした。

「あの……？」

「私は、春花を独り占めしたい。早く一緒に暮らしたいと思っている」

告白は、ストレートだった。彼は再び春花に目を向けると、一心に見つめてくる。その視線の強さに、胸を打たれた。

更科は目を合わせたままカップを置くと、春花の横に移動してきた。彼の体温を全身で感じる。

「私はいつも君のことを考えている。今日も会いたくて堪《たま》らなくなり、会社まで迎えに行ってしまった。前もって電話すればいいのに、そんな余裕もなく行動していたよ」

ソファの背に彼の腕が回り、春花をゆったりと囲んだ。独り占めされる体勢に、胸の鼓動が尋常でないリズムを刻み始める。

「ビルの横に車をつけると、ちょうど君が先輩社員と出て来るところだった」

神林と会社の前で立ち話した、あの時のことだ。更科がいることに春花は気付かなかった。

「あの時、私の中でかつてない現象が起きたのだ」

「現象？」

更科が深く頷く。

「私以外の男と、君が親しそうに話している。しかも、なかなか見栄えのいい男だ。私はどうにも落ち着かず、車を降りて外に出た。そうしたら、彼が君に顔を寄せて内緒話を始めた」

その場面を思い浮かべ、春花は首を横に振る。神林は背後に立つ更科を見つけ、『その彼氏ってどんなやつ？』と、耳打ちしただけ。確かに、顔が近すぎとは思ったけれど。

「誤解です。神林さんと私はそんなんじゃ」

「分かっている。だが、どうにもならなかった。身体中の血が沸騰《ふっとう》したかのように熱くなり、胸が締め付けられるように苦しい。あんなことは初めてで、私は変になったのだと思った」

「更科さん……」

「だが、自《おの》ずと答えは出ていた。私の身に起こったのは嫉妬《しっと》という現象であり、春花を独占すれば収まると本能で察知したのだ。そのとおり、君を抱きしめてキスをしたら、落ち着くことができた」

春花をマンションに連れて来たのは、二人きりになりたかったから。

独り占めするために。

更科はソファの背から腕を外すと、春花の肩を抱いた。片方の手が春花の顎《あご》にそっとのびる。

「今まで、この部屋に君を連れて来るのを、私はためらっていた。衝動的に何をするか分からないからね。だが、やせ我慢はよくないと痛感したよ」

彼は眼鏡を外すと、テーブルに置いた。美麗な顔立ちに見惚《みと》れる春花の顎を支え、唇を押し付けてくる。

「……ん」

深く、貪《むさぼ》るようなキス。腕は背中に回り、仰《の》け反《ぞ》る春花を柔らかく、そして力強く抱えた。

静かな部屋を、荒い息遣いと水音が満たす。

「春花」

ため息のような呼びかけは、愛と欲望に溢《あふ》れている。春花はぎゅっと抱きしめられて、彼の鼓動を感じていた。

広く逞《たくま》しい胸の中、春花は自分が華奢《きゃしゃ》になったように思えた。まるで自分が、頼りなくて、守られるべき存在であるかのように。こんなふうに、男性に甘える日がくるなんて。

「更科さん、私……」

「陸人だよ。君も更科になるのだからね。私のことは、陸人と呼んでくれ」

「陸人……さん」

クスッと笑う声がして、ゆっくりと身体が離された。すぐ目の前にある彼の瞳は、男の色気に満ちている。

「一緒に暮らさないか」

「え……」

「結婚式は後でいい。だけど、一日でも早く君を独り占めさせてほしい。心も身体もすべて、私のものにしたい」

春花を抱く腕に力が籠《こ》もった。陸人らしい強引なアプローチである。

抵抗などできるはずもなく、春花は受け入れるのみ。でもそれは、積極的な意思表示でもあった。

「私も、さ……陸人さんの傍《そば》にいたい。あなたの微笑みを、独占したいです」

「ありがとう、春花」

大きな彼が、ゆったりと抱いてくれる。幸せすぎて、涙が出そうだった。

「だが、一つだけ」

見上げると、彼はいつの間にか眼鏡をかけている。落ち着いた態度で、分別ある大人の顔で春花と向き合った。

「君のお母さんの許しを得なければ。大事な一人娘だからね」

「あ……」

母親のことまで、ちゃんと考えてくれている。強引だけど決して自分本位ではない、その思いやりが嬉しかった。

「さて、それでは食事に行こうか。腹が減っただろう」

「え、ええ」

マグカップを持つと、彼はソファを離れキッチンに歩いて行く。姿勢のいい後ろ姿を目で追いながら、春花は小さく息をついた。

(陸人さんって、やっぱりクールだな)

遅れて立ち上がると、乱れた衣服をささっと整える。身体の奥に残る熱を、ごまかすように。

「春花」

彼が戻って来て、諭《さと》すような声で呼んだ。

「君を抱きたい。だけど、きちんとけじめをつけてからだと、私は決めている」

「ええっ？　あ、あの……私は」

願望を見透かされたようで、狼狽《ろうばい》する。その上、抱きたいなどと率直に打ち明けられて、どう反応すればいいのか分からない。

激しく求めながらも、欲望のまま突っ走ることはない。けじめがつけられるのは、彼が大人の男性だから？　それともクールな理系男子だから？

春花はただ、はいと頷いた。この人には敵《かな》わないと思ったから。だけど……

「これでも、相当我慢しているのだよ」

「え？」

困ったような表情で見下ろされた。

「おいで。これ以上二人きりでいたら、決心が揺らぐ」

恋愛初心者の春花には、男性の心理は謎だらけだ。いや、その中でも更科陸人という男性は、きっと特別なのだろう。一面だけでは捉え切れない、摩訶不思議《まかふしぎ》な人物なのだ。

だからこそ、惹《ひ》かれるのかもしれない。

「そうだ。部屋割りについてだが、ここは君が使ってくれ」

陸人が思いついたように言い、リビングを出てすぐ左のドアを開けた。覗いてみると、クローゼット付きの洋室だ。家具や荷物はなく、きれいに掃除されている。

「いいんですか、私が使っても？」

私のために一部屋空けてくれたのだ。春花は驚くとともに感激し、潤《うる》んだ眼差しを陸人に向けた。

「もちろんだ。プライベートな空間は必要だからね。私も一部屋もらっている」

向かいのドアを開けると、そこは彼の書斎《しょさい》だった。壁一面に書棚が設《しつら》えられ、たくさんの本が並んでいる。棚を占めるのは、学術書や科学誌など仕事関係の書物だ。大学の先生らしい、知的な香りが漂《ただよ》っていた。

「そして隣が納戸。あと、ここがバスルームで、こっちがトイレだよ」

陸人は廊下を進みつつ、３ＬＤＫの間取りを説明する。

もうすぐ始まる新婚生活。春花はわくわくしながら、夢のスイートホームを探検した。

「それから、ここが……」

玄関の手前に最後の部屋があった。陸人は立ち止まり、少しためらってからドアノブに手をかける。開いたドアの隙間から、青い壁紙が覗いた。

（きれい。まるで、海の中みたい）

春花は近付き、もっとよく見ようとした。しかし目の前で扉を閉められてしまう。

「あ、あれ？」

陸人はこちらに向き直ると、ドアの前に門番のように仁王立ちする。

「えっと、陸人さん？」

「すまない、春花。ここは、その……まだ準備中でね」

気まずそうに目を逸らす。そのぎこちない仕草で、春花は思った。

もしかしたら、この部屋は寝室？

つまり、今日は春花を入れてはいけない禁断の間。そのことに関してはけじめをつけると言っていた。だから、開ける前にためらったのだ。

「私こそ、すみません。ついはしゃいで、あちこち覗いてしまって」

「いや、君が謝ることじゃない。私の準備がなってなかった」

陸人は春花を引き寄せ、額《ひたい》にキスをした。抱きしめると、優しく背中を撫でさする。

「はしゃいでくれて、大いに結構。この部屋も近日公開予定だからね、お楽しみに」

耳元に囁《ささや》かれ、そっと顔を上げる。今度は唇にキスが下りてきた。

ユーモラスな口ぶりだけれど、春花を包む眼差しはどこか妖《あや》しげだった。一体、どんな部屋なんだろう。

春花は一瞬見た壁紙から、青くロマンティックな世界を想像した。彼が大好きな、海のように――

翌日の朝。春花は食卓につくと、結婚式の日取りと陸人のマンションで暮らすことについて、母に相談した。昨夜は母の帰宅が遅く、話すことができなかったのだ。

春花の作ったベーコンエッグを食べながら、母は頷いている。驚きもしないし、反対もしない。時々時計を確かめるのは、出勤時間を気にしてのことだ。

ちゃんと聞いているのかなと、春花は少し心配になってきた。

「忙しい朝にごめん。でも、なるべく早く陸人さんに返事したいから」

「ごちそうさまでした！」

母らしくもない大きな声にビクッとする。もしかして、勝手にあれこれ決める娘に怒ったのだろうか。

しかし、母はにこやかに笑った。怒るどころか、かえって嬉しそうにしている。

「許してくれるの？」

「許すも何も。子どもが巣立つのを、喜ばないわけがないでしょ」

春花は箸《はし》を置き、食卓に身を乗り出した。

「じゃあ、陸人さんのところに行ってもいいの？」

「もちろんよ。ああ、こんなに嬉しい朝はないわ」

安堵する顔を見て、春花は初めて母の心情に思い至る。そして、いかに自分が子どもであったか、母を不安にさせていたのかを痛感した。

「ごめん。言われてみれば、そうだよね。私がこんなだから、お母さんも再婚に踏み切れずにいたんだよね。半年も前に、プロポーズされてるのに」

「違うわよ、春花」

母は笑みを収めると、毅然《きぜん》とした表情になる。

「私の再婚なんて、いつだっていいの。ただ、あなたがそうやって私のことを気にして、お見合いを繰り返すのを見ていられなかった。だけど、更科さんに出会って以来、あなたはとても元気になったわ。彼となら、春花はきっと幸せになれる——、彼を初めて見た時、そう思ったの。そしてその予感どおり、明るく前向きになってくれたことが嬉しいのよ」

「お母さん……」

「子どもの結婚が子育ての最後の仕事、なーんて聡子は言うけど、それだけがすべてじゃないでしょ。そもそも家にいても、あなたはとっくに自立してるし。だから、結婚どうこうというより、精神的に、私から離れてくれないと困る。いつまでも気にかけてもらっては、私だって子離れできないもの」

母の姿が霞《かす》んで見える。春花はごしごしと瞼《まぶた》を拭くと、椅子の上できちんと座り直した。

「ありがとう、お母さん。本当に、お世話になりました」

「いやあね。今すぐお嫁に行くみたい」

「あ……」

大げさな挨拶《あいさつ》をしてしまい、春花は照れた。だけど、母から離れ、この家を出て行く日は遠くないのだ。春花を求める人が、すぐそこで待っているから。

母は微笑むと、時計を確かめてから食卓を立った。

「さて、春花もまだ時間あるでしょ。お父さんに報告しましょう」

「うん」

座敷に移動し、母と仏壇の前に座って線香を焚《た》いた。手を合わせて遺影を見上げ、自分によく似た面差しの父に心で問いかける。

（背が高くて骨太でも、私は幸せです。陸人さんの隣なら、可愛いお嫁さんになれるよね）

父は何も言わず、穏やかに娘を見守っていた。


午前中の外回りを終え、会社に戻る。すでに正午を過ぎていたため、春花は急いで昼食を済ませ、スマートフォンを手に屋上に上った。

五月も半ばになると陽射しが強く、屋上で憩《いこ》う社員などほとんどいない。恋人に電話をかけるには、もってこいの場所だった。

他に誰もいないことを確かめると、フェンスの向こうを眺めつつ、スマートフォンを構えた。

『やあ、私だ』

呼び出し音がいくつも鳴らないうちに、陸人が応答した。電話するのは初めてではないのに、彼が出る瞬間、春花はいつもドキッとしてしまう。

「こんにちは、春花です。お昼休み中にすみません。今、いいですか？」

『うむ。大丈夫だ。さっき昼を食べて、部屋に戻ったところだよ』

明都大学には、教授および准《じゅん》教授のための個室が用意されている。そこで学生のレポートを添削《てんさく》したり、論文を書いたり、講義の準備をするのだと陸人が教えてくれた。

「今朝、結婚式の日取りと、陸人さんと暮らすことについて、母に相談しました」

『そうか』

彼の緊張が耳に伝わってくる。春花は母とのやり取りを報告した。

『お母さんがそんなことを……』

「はい。陸人さんによろしくと、言付かっています」

すべて賛成してくれる母には、感謝の気持ちしかない。

「あと、横浜のご両親に、なるべく近いうちにご挨拶《あいさつ》したいと母が言っています。あ、もちろん私も、お会いしたいです」

『ああ。実は私も、君を紹介してくれと親に催促《さいそく》されている。一度、顔合わせの食事会を開かねばと考えていたんだ』

「そうなんですか」

顔合わせの食事会。いよいよ結婚が現実味を帯びてきたと春花は感じる。結婚式の日取りまで決めておいて何だけれど、それとはまた違うリアルな感覚だった。

『よし分かった。横浜に確認して、今週中に連絡する。春花……』

「え？」

しばしの沈黙の後、陸人は熱っぽく囁《ささや》いた。

『早く一緒に暮らそう。あの部屋を完璧にして、待っているよ』

「は、はいっ」

あの部屋とはたぶん、寝室のことだ。こんな真昼間から、あまりにも大胆な発言である。

（でも完璧にって、どういう意味だろう。新婚夫婦に相応《ふさわ》しい演出をするとか？）

あらぬ想像が膨《ふく》らんで、頬の火照《ほて》りが収まらない。屋上で電話したのは正解だったと思いつつ、通話を切った。

「結婚決まったの？」

「ぎゃあっ！」

いきなり背後から声をかけられ、スマートフォンを落としそうになる。慌てて振り返ると、白衣を着た理子が真後ろに立っていた。

「だっ、誰もいなかったはずなのに」

「ミーティングの前に、外の空気を吸いに来たのよ。あんたがいるから話しかけようとしたけど、電話中でさ。しかもデレデレしてるし」

「デレデレ……って」

表現に不満はあるが、否定できない。それに彼女は、『結婚決まったの？』と声をかけてきた。陸人が電話の相手だと察しているようだ。

「順調みたいだねえ。例の先生と」

「う、うん」

強い陽射しを避けるため、理子と一緒に屋上の入り口横にある陰に入った。風が通るので、ここは意外と涼しい。

春花は気分を落ち着かせると、更科陸人との現状をかいつまんで話した。

「ふうん。お見合いっていうのは決まると速いんだね。へえぇ。八尋が結婚かあ」

感心するような、呆れるような、微妙なニュアンスが含まれている。しかし理子はニッと笑うと、春花の肩を軽やかに叩いた。

「おめでとう。先生のこと、前向きに考えたってわけだね」

「理子……あ、ありがとう」

以前、陸人について理子に相談した時に、前向きに考えなよとアドバイスをもらっている。迷う春花の背中を、彼女が押してくれたのだ。

「で、仕事はどうすんの。もしかしてやめるの？」

「ううん。新居は会社のすぐ近くだし、働き続けるつもり」

春花が答えると、彼女は満足げに頷いた。

「それはよかった。八尋には新製品の試着を頼みたいからさ。開発部としても助かるわ」

「はは……必要としていただいて光栄です」

理子らしくドライな言い方だが、友人として喜んでいるのもちゃんと伝わってくる。

「それにしても、家が近いってのはいいね」

「うん。陸人さんのマンションに私が引越すのだけど、今、彼が部屋の準備を整えて……」

余計なことを言いそうになり、春花は手で口を覆う。彼が準備中なのは夫婦の寝室である。

「何赤くなってんの？」

「い、いや……別に」

春花は焦るが、理子に追及されることはなかった。もともと彼女は人のプライベートに関心が薄い。新婚夫婦の新居など、さほど興味がないのだ。

しかし――

「あっ、そうだ。先生と言えば、あれってどうなった？」

理子は閃《ひらめ》いたように、ぽんと手を打つ。見ると、さっきとは別人みたいに生き生きとした表情をしている。

「あれって？」

何のことか分からず問い返すと、理子は焦《じ》れったそうに質問を重ねてきた。

「ほら、この前あんたが言ってた、先生の実験体になるって話よ」

「う……」

やはり、彼女の関心はそっち方面に偏《かたよ》っているのだ。恋愛ネタは記憶に残っていなくても、『実験』などは覚えているらしい。

「どんな人体実験するのか訊《き》いてみた？　何か話してくれた？」

ぎらぎらとした目つきで迫ってくる。この強引さは、陸人に通ずるものがあった。

「それは……ええと。あれ以来話題に出てないというか……」

嘘である。陸人と水族館デートしたあの日、本人に直接確かめたけれど教えてもらえなかった。

情熱的なキスでごまかされてしまったなんて、言えるわけがない。

「そのことについては……多分もう、忘れてるんじゃないかな」

「はーん。秘密にされたな」

とぼけようとしたが、理子はずばりと言い当てた。さすが理系女子。

「だよねえ。ふふふ、面白いなあ」

どの辺りが面白いのか、春花にはさっぱり理解不能である。それに、実際のところ、ここしばらくその件については忘れていた。陸人も何も言わないし、忙しかったこともあってか、春花は思い出しもしなかったのだ。

理子はしばらく首をひねっていたが、もう一度ぽんと手を打つ。また変なことを閃いたのではと、春花はビクついてしまう。

「先生が部屋の準備を整えてるって、今言ったよね。それって『実験室の準備』じゃないの」

「は？　じ、実験室？」

「そう。人体実験を行う部屋。そこで八尋を研究するつもりだよ」

「まさか、全然違うよ。だってあの部屋は……」

生々しすぎてはっきり言えないけれど、どう考えても夫婦の寝室である。

口をもごもごさせていると、理子は不気味に笑い、妖《あや》しく目を光らせた。マッドサイエンティストの微笑みは、夜の浜辺での彼を彷彿《ほうふつ》とさせる。

「同じ理系人間だから分かるのよ。実験体と暮らす家に、実験室を作るのは当然のこと。そうだ、先生は海洋生物の研究者だから、巨大な水槽を用意しているに違いない。そこに八尋を入れて、あれやこれや実験して、データを集めて……ああ、本格的なラボの匂いがする！」

もしかして、本当に実験室を準備しているのでは？

理子の妄想がリアルな映像となり、頭に浮かんでくる。春花は振り切るように首を振った。

「絶対に違う。陸人さんがそんな部屋、作るわけないでしょ」

「いいや、絶対に作ってるね。私だったらそうするもん」

「うう……」

きっぱりとした口調に、春花は唸《うな》るしかない。

理系人間の思考が分からない以上、反論することができないのだ。

「おっと、そろそろミーティングが始まる。じゃあね、八尋。どんな実験室なのか、今度教えてよ」

理子は時計を確かめると、勝手な要望を残してクールに立ち去った。

階段を下りる靴音が聞こえなくなっても、春花は動けずにいる。

(そういえば、あの時)

ちらりと見えた寝室の壁紙は、青かった。まるで、海の中みたいにきれいだと思ったのだ。

海……巨大水槽？

「嘘でしょ、そんな……」

ちょっと変態だけど、いい人。それはつまり、いい人だけど変態には違いないってこと。

いつの間にか忘れていた、人体実験への不安が一気に押し寄せてきた。

木曜日の夜、陸人から電話がかかってきた。

ベッドに寝そべり、結婚情報誌の『新婚旅行特集』を眺めていた春花は、がばっと起き上がる。

枕元で鳴動するスマートフォンを手に取ると、少しためらってから応答した。

『こんばんは、春花。遅い時間にすまないね』

「いえっ、全然大丈夫です」

多少テンパってしまうのは、仕方がない。大好きな人からの電話にもまだ慣れないし、ちょっと変態な人からの電話なんて、当然慣れていないのだ。

ベッドの端に座り直すと、ひそかに息を整えて気分を落ち着かせる。

『この前話した、顔合わせと食事会についてだが……横浜の親と連絡を取り、遅くとも来月中には実現したいという話になった。日時と場所については私に任せると言うので、まずは君とお母さんの都合を教えてほしい』

「あ、母もまだ起きてます。訊《き》いてきますね」

春花は通話を一度切ると母のところに行き、都合のいい日を訊《たず》ねた。母は緊張した様子で、「私ならいつでも。あなた達にお任せするわ」と、陸人の両親と同じ返事をした。急いで部屋に戻り、陸人に電話をかける。

『そうか。それなら、今決めてしまってもいいな』

なるべく早くという意見は全員一致している。二人は相談し、日にちと大体の場所を絞り込んだ。

「では、六月五日の日曜日に、東京駅近くのレストランですね」

『うむ。店については、また相談しよう。よさそうなところを探しておくよ』

「分かりました。でも、本当に東京でいいんですか？」

自分達が横浜へ出向くべきでは？　と、春花は少し心配になった。

『いや、私の両親が東京を希望している。食事会の後、媒酌人《ばいしゃくにん》を頼む三杉夫妻にも挨拶《あいさつ》して、式場の場所も確かめたいとか。せっかちな性分だから、横浜でじっとしていられないんだな』

春花は思わず微笑んだ。結婚をどんどん進めようとする陸人も、かなりのせっかちである。そんな自分を棚に上げて困ったように言う彼が、ちょっぴり可笑《おか》しかった。

『ようやく顔合わせだな。これでまた一歩前進だ』

「そうですね」

春花は頷くと、結婚情報誌に目をやった。初めてこのような雑誌を購入したが、結婚にまつわる決まりごとや常識、手続きの多さにびっくりしている。

（新婚旅行も、行き先がまだ決まってないのよね）

外国がいいなあと漠然と思うものの、春花は海外旅行未経験である。陸人はというと、仕事の関係であちこち出かけているようだ。世界は広すぎて決められないと春花が言うと、彼は笑っていた。

雑誌の特集ページには、南の島と青い海。爽《さわ》やかな景色が広がっている。

海が好きな彼となら、楽しく過ごせるかもしれない。

『ところで、春花。今週の土日は空いているか？』

「えっ？」

青い景色に見惚《みと》れ、ぼんやりしていた。春花は雑誌からカレンダーへと目を移す。

「ええと……はい、土日とも空いてます」

結婚に関する打ち合わせだろうか。しかし『土日』と訊《き》かれたことに、春花は異様にドキドキした。

『部屋の準備が完璧に整ったよ。週末に、泊まりに来ないか』

その部屋は寝室だろうか。それとも、理子が妄想したとおり実験室なのか。

いずれにしろ、夫婦にとって特別な部屋であるのは間違いない――


「よお、八尋。えらく仕事が早いじゃないか。今夜もインテリ彼氏とデート？」

パソコンで業務報告書を作成していると、外回りから帰った神林が声をかけてきた。

春花はぎょっとして顔を上げ、唇の前に指を立てて「シイーッ」とジェスチャーする。

「何だよ。秋に結婚するってのは、上司に報告済みだろ。隠すことないじゃん」

「他の社員はまだ知らないです。あまり大っぴらにしないでください」

あの八尋が結婚？　男がいたのか。相手は女じゃないのか――

とか何とか、からかわれるに決まっている。仕事仲間に結婚の報告をするのは、ぎりぎりになってからでいいと思っていたのだ。

「分かったよ。しかし、いきなり進展したじゃないか。よほど刺激になったんだな」

「……」

まったく、この先輩には敵《かな》わない。

春花はファイルを閉じると、パソコンの電源を切った。

「彼氏、俺とお前が喋《しゃべ》ってるところを見て嫉妬《しっと》したんだろ」

そのとおり、陸人は神林に独占欲を刺激された。この前、いきなりマンションに連れて行かれたのは、この先輩が起爆剤となったからだ。

「嫉妬に燃える彼氏と、あつーい夜を過ごしたんじゃないの？」

「もう、知りません。お先に失礼します」

神林のスケベ面を軽く睨《にら》むと、さっさと帰り支度をしてオフィスを出た。今の春花には耐えられない冷やかしだった。熱い夜だなんて――

夕暮れの街を、駅に向かって歩いた。会社帰りのサラリーマン、ＯＬ、そしてカップルの姿が散見される。週末の賑《にぎ》やかさが、今日は特別なものに感じられた。

明日の土曜から日曜にかけて、陸人のマンションを訪ねる。『泊まりに来ないか』という誘いが何を意味するのか、恋愛初心者の春花にもよく分かっている。

(でも、けじめをつけてからって、この前言ってたのに)

春花がマンションに引越し、きちんと同居の形が整ってから――それがけじめかと思っていたが、どうも違うらしい。

あれこれ考えながら歩いていると、ポケットのスマートフォンが鳴動した。発信者を確かめた春花は、歩道の端に寄ってから応答した。

『八尋様、こんばんは。私、ミッドビューホテル東京ブライダル事業部の寺内と申します』

はきはきとした声が聞こえる。春花達を担当するウエディングプランナーだ。

「こんばんは。お世話になります」

ウエディングドレスと付属品の準備が整ったとの連絡だった。試着の日時は、陸人の都合を確認してから、折り返し電話を入れることにする。

「ふふ……楽しみだなあ」

ウエディングドレスと聞いて、さっきまで考えていたあれこれは、どこかに消えてしまった。その代わり、わくわくする気持ちが広がっている。

生真面目な彼、ちょっと変態な彼、どんな彼でも春花はときめいてしまう。陸人と結婚できる幸せを思い出したのだ。若干の謎はあるものの、あれこれ推測するのはやめて、まっすぐに前を向いた。

目に映るのは、きらきらと輝く週末の街。

光の海を泳ぐように、春花は再び前進を始めた。


土曜日の朝、約束の時間ちょうどに陸人が迎えに来た。

彼のマンションに一泊するための荷物を持って、春花は玄関を出る。

「おはよう、春花」

「陸人さん、おはようございます……」

挨拶《あいさつ》を返しながら、あれっと思う。涼やかな笑顔はいつもどおりだけど、雰囲気が違う。

陸人が身に着けているのは、初めて目にするダークスーツ。長身の彼によく似合ってはいるが、デートするには堅苦しい服装だ。

「どうしたんですか。あっ、もしかして、お仕事が入ったとか」

「いや、そうではないよ。ところで、お母さんはご在宅かな」

陸人が玄関に視線を向ける。

「すみません、母は今日仕事なんです」

「そうか。もう一度、ご挨拶《あいさつ》をと思ったのだが」

陸人はそう言って、きれいに包装された箱を春花に渡した。表に有名和菓子店の名がプリントされている。

「お母さんによろしく伝えてくれ」

「わ、すみません。ありがとうございます」

わざわざ手土産《てみやげ》を用意してくれたのだ。律義な彼に春花は感心する。

「行こうか」

「はい」

玄関ドアに鍵をかけてから、助手席に乗り込んだ。気温が高いためか、車の中はエアコンが効いている。

「君は少し薄着だな。寒くないか?」

「大丈夫です。天気がよくて、暑いくらいですから」

「ふむ、それならいいが」

陸人の指摘に内心ドキッとした。

今日の春花はノースリーブの膝丈ワンピースを着ている。透かし編みのボレロカーディガンは涼しそうに見えるかもしれない。

春花は最近、スカートも穿《は》くようになった。それにはもちろん、陸人の言葉が影響している。好きな人に似合うと言われると、暗示にかかったのか、その気になってしまうのだ。

いや、暗示ではなく魔法かもしれない。それは春花を変身させる、強力な呪文だ。

「何を着ても、君は美しい。それに、とても……」

「え？」

シートベルトを締めながら、運転席のほうを振り向いた。だけど、至近距離で目が合うと、彼はフロントガラスに視線を逸らしてしまう。

とても――？

言いかけてやめてしまった。心なしか、頬が赤いような気がする？

「いや、何でもない。それより、先に寄りたいところがある」

眼鏡の位置を直しつつ、彼は話を切り替える。言いかけたことは気になるが、追及を拒む気配を感じた。

「寄りたいところ、ですか？」

「ああ。付き合ってくれないか」

もちろん、寄り道の一つや二つ、全然構わない。マンションに着くのは、少々遅れたっていいのだ。

春花は、端整な横顔に「はい」と返事をした。

「ありがとう。では、出発だ」

陸人はアクセルを踏み、車を発進させた。


その場所に二人が着いたのは二十分後。光照寺《こうしょうじ》――八尋家の墓がある寺院だった。

「陸人さん、ここは」

「君のお父さんに、きちんと挨拶《あいさつ》をしたい」

車を降りると、陸人は後部席から紙袋を取り出した。お参りに必要な道具が入っているようだ。

思わぬところに連れて来られ、春花の驚きはおさまらない。陸人と並んで山門をくぐり、本堂でお参りする間も、それは止まなかった。

墓前に来ると、線香を供え、持参した花を立てる。父の好きだった羊羹《ようかん》をお供えするのを見て、春花はまたもや驚く。

「どうして……」

「君のお母さんに教えてもらったのだ」

陸人は立ち上がると、微笑みを浮かべた。

「どうぞ、君から」

春花は戸惑いながら、父武志が眠る墓に手を合わせた。冥福《めいふく》を祈り、近況報告をする。

この秋、彼と結婚することを――

（あっ）

もしかして、これが陸人の言うけじめなのか。

春花の次に、陸人が墓前に進みお参りをした。長いこと手を合わせている。春花の目には、まるで父と会話をしているかのように映った。

「春花がプロポーズを受けてくれたあの日だよ。君を家に送り届けて、少しだけおじゃましただろう。その時、お母さんに頼んだんだ。お墓参りをさせてほしいと」

寺院を出て、駐車場へ歩きながら彼は話してくれた。木漏《こも》れ日の道はすれ違う人も少なく、静かだった。

「私、知りませんでした。母も、何も言わなかったですよ」

「そういえば、君は台所でお茶の用意をしていたな」

「内緒だったんですね」

ちょっとだけ責める口調になった。

「春花と私は家族になるのだからね。お父さんに挨拶するのは、ごく当たり前のことだよ。だからお母さんも、特に言わなかったのだろう」

「な、なるほど」

ごく当たり前のこと——陸人はさらりと口にした。母、そして亡くなった父のことも、彼は家族としてきちんと考えてくれている。その気持ちが何より嬉しい。

「お父さんは、子煩悩《こぼんのう》な人だったようだね」

「え？　ええ、母や聡子さんがそう言ってます。私も、ぼんやりとですが覚えていますよ」

記憶が曖昧《あいまい》なため頼りない返事になるが、陸人は深く頷いた。

「君をとても大事にしていたとお母さんが教えてくれた。もっと早くにお参りすべきだったが、お父さんにご挨拶《あいさつ》すると思うと緊張してね。なかなか実行できずにいたんだ」

「そうなんですか？」

「うむ」

父はお墓の中なのに？

生真面目な陸人に、父もびっくりするだろう。でも、春花には分かる。そんな人だからこそ、父は喜んでくれるはずだ。

（ありがとう、陸人さん……）

結婚を猛スピードで進めても、一つ一つをいいかげんに済ませる人ではない。けじめをつけて、次の扉を開くのだ。

「それでは、行こうか」

「は、はいっ」

だけど、春花は怖気《おじけ》づく。次の扉の向こうには、どんな世界が待っているのか。

覚悟を決めて、付いて行くしかない。

土曜日のマンションは、前回訪れた時と様子が違っていた。

建物の中庭に遊具を設置した公園があり、小さな子ども達が遊んでいる。明るく陽の射すエントランスホールでは、一組の家族連れとすれ違った。

「住人の半分ほどがファミリー世帯のようだ。休日には子ども達の元気な声が聞こえてくるよ」

陸人は嬉しそうに微笑む。彼は意外と子ども好きなのかもしれない。

「入居した頃は想像もしなかったな。私も仲間入りするとは」

呟くと、エレベーターの階数ボタンを押した。上階へ移動するランプを、感慨深げな眼差しで追っていく。

（な、仲間入りって……それはつまり、陸人さんと私に子どもがってことで）

何気ない彼の言葉に春花は少しうろたえた。そこまで考えているなんて。

十五階で降りて、廊下の突き当たりまで歩いた。玄関ドアに辿り着くと、陸人は胸ポケットから電子キーを取り出し、慣れた仕草で開錠した。

「君と早く暮らしたくて、大急ぎで準備を整えた。気に入ってくれるといいのだが」

「あ、例の……部屋のこと、ですね」

こちらを向いた陸人に笑みを返すが、ぎこちなくなる。何をどんなふうに準備したのか、まだ知らされていないのだ。

それだけに、理子の妄想を元にしたビジョンが勝手に広がってしまう。

（私は陸人さんが好き。ちょっとくらい変態であろうと、彼のことは信じてる。でも……）

「待って、陸人さん」

「うん？　どうした？」

彼がドアノブを引こうとしたその時、思わず声をかけていた。とりあえず、覚悟だけはしておきたい。

「あの……、一つ、訊《き》きたいことがあって」

陸人はノブから手を離した。春花の不安げな様子に、ただならぬものを感じたようだ。

「よろしい。何か疑問があるなら、正直に言ってみなさい」

先生の口調で促《うなが》され、春花は学生に戻った気分になる。素直に質問しよう。頭の中に広がるビジョン。その中央に置かれた怪しげなものが、実際にあるのかないのか――

「あの、準備を整えたというのは、もしかして……巨大水槽を設置したってことですか!?」

「……」

陸人は絶句した。そして、明らかに動揺している。

この反応は、彼の目論《もくろ》みを言い当てたという証拠だ。つまり、例の部屋は寝室ではなく、実験室だということ。春花を閉じ込めて研究する部屋を彼は準備していた！

「やっぱり……」

震え声で呟くと、彼は鋭く目を光らせた。

「なぜ分かった？」

春花は質問したことを後悔する。こんなことを聞いて覚悟なんてできるはずがない。陸人以上に、激しく動揺し始めた。

「それって、私のため……ですよね？」

「もちろんだ。私は春花のためにそれを用意した。頭のてっぺんから足のつま先まで、全身まるごとダイブできる大きな容《い》れ物だ」

（ひええぇ！）

ちょっとどころではない、やばすぎる変態である。水槽に実験体を入れて、あんなことやこんなことをするつもりなのだ。彼は理子と同類の、マッドサイエンティストだった。

「あ、あのっ。私、やっぱり今日は帰り……」

「私の計画を見抜くとは、素晴らしい洞察力だ。おいで、春花」

陸人は玄関ドアを開くと、有無を言わさず春花を引っ張り込んだ。興奮状態の彼には、「帰ります」と訴えたところで届きはしない。

覚悟ができないまま、パンプスを脱いで廊下に上がっていた。

例の部屋は玄関を入ってすぐそこにある。

「さあ受け取ってくれ。私からのプレゼントだよ」

「ちょ、ちょっと待ってください」

陸人に肩を抱かれ、開放されたドアから一歩踏み込んでしまった。ここまで来たら、もう後へは引けない。春花は観念し、現実を直視した。

「……えっ？」

思わず漏れたのは驚きの声。そこには、頭の中のビジョンとは、まったく異なる光景が広がっていた。恐れていた巨大水槽も、おどろおどろしい実験器材もない。

その代わり、キングサイズのベッドが一台、中央に置かれている。何のための部屋なのか一目《いちもく》瞭然《りょうぜん》だった。

「まさか。でも、これって……」

春花は自ら奥へ進み、ぐるりと見回す。

グラデーションが美しい青のカーテンと壁紙。白に統一された調度品にも、その色が反映している。チェストの上には、イルカをモチーフにしたオブジェが飾られていた。ガラス製の透明な造形が、豊かな水を連想させる。

ここは——幻想的な海の世界だった。

「部屋そのものが、巨大水槽なんですね」

春花が振り向くと、陸人は満足そうに微笑む。いつも見守ってくれる、優しい眼差しがそこにあった。

「君が好きな水族館をテーマに、寝室を改装した。と言っても、業者に頼んだのは壁紙の張り替えだけで、後は私がイメージを膨《ふく》らませて工夫したのだが」

「びっくりしました。私のために、こんな」

二人が初めてデートしたのは水族館。春花がとても喜んだのを、陸人は覚えていたのだ。そして、その世界を再現してくれた。実験室ではなく、夫婦の寝室として。

「いや、半分は私のためでもある」

「え？」

彼は後ろ手でドアを閉めた。スーツの上着を脱ぐとソファの背に引っかけ、流れるような動作でネクタイを引き抜く。

「陸人……さん？」

「この時を、ずっと待っていたのだ」

ベッド脇で固まる春花に、彼は早足で近付いて来る。目の前に立つと、眼鏡を外してサイドテーブルに置いた。美麗な王子様が、欲情に濡れた瞳をぎらつかせている。

「君が欲しい」

「え……ええっ？」

今はまだ午前中で、外は明るい陽の光に満ちている。それに、マッドサイエンティストの疑惑が晴れたばかりで、気持ちの整理が付いていない。要するに、覚悟ができていないのだ。

「で、でも……んっ」

強引に抱き寄せられ、唇を奪われた。

激しく貪《むさぼ》りながら、彼は腰から尻へと手のひらを移動させ、丸く撫で上げる。春花は身体から力が抜けて、ベッドに倒れそうになった。衝撃のあまり、膝が震えている。

「ま、待ってください。いきなり、こんな」

「だめだ、待てない」

陸人は愛撫を止めず、なおも迫ってくる。春花は彼のシャツを掴み、足を踏ん張ろうとするけれど、呆気なく押し倒された。

「きゃあっ」

彼の身体は大きく、春花には支えきれない。ワンピースの裾がまくれ上がり、太腿《ふともも》が露《あら》わになっても身動きが取れなかった。

「やっ、やめてください」

「好きだよ、春花」

ぎゅっと抱きしめられ、耳元に甘く囁《ささや》かれる。またしても全身から力が抜けて、シャツを掴む指先も解《ほぐ》れていく。

首筋へのキスを、抵抗なく受け入れてしまった。

「あ……陸人、さん」

彼はちゅっと音を立て、柔らかな皮膚《ひふ》を吸う。男性の熱い身体に包まれて、春花は怖さよりも安堵を覚えた。この香りと体温は、愛しい彼、更科陸人のものだ。

もともと怖くなどなかった。ただ、突然の行為に驚いただけ――

「すまない」

首筋に埋めた顔を上げ、陸人が見つめてくる。息は荒いけれど、懸命に抑えているのだと分かる。

彼は堪《たま》らないように息をつき、アクアマリンのチェーンを指でなぞった。そして留め具に触れると、襟元から外してサイドテーブルに置いた。

「君を前にすると、私はいつもこうなる。つい、興奮して」

彼は微笑みかけるが、すぐ切なげな表情になった。一分《いちぶ》の余裕もなく春花を求めている。

「嫌なら……我慢するよ」

「違います」

春花は陸人の首に腕を回し、そっと引き寄せた。鼻先が触れ合う距離で見つめ返す。

「春花？」

「私、初めてなんです。だから、なかなか覚悟ができなくて困っています。どうすればいいのか」

うまく伝えられない。二十七歳にもなって恋愛初心者な自分がもどかしく、恥ずかしい。

「でも、いいんです。陸人さんなら」

それだけは真実だ。震えながらも、春花の中のオンナが彼を欲している。

怖くなんかない。

「ありがとう、春花」

キスが下りてきて、二人の意思は一つに繋がる。求めていたのは、彼だけじゃない。

「少し待っていなさい」

陸人は一旦起き上がると、エアコンのスイッチを入れた。窓辺に歩いてカーテンを隙間なく閉じ、リモコンでライトも弱める。それから、チェストの引き出しから小箱を取り出し、サイドテーブルに置いた。

てきぱきと準備するところは陸人らしく、クールな行動に見える。だけど、ベッドに戻って来た彼の表情には余裕がない。春花の上で膝立ちになり、ボレロを脱がす手つきもぎこちなかった。

「あ、あの……」

ワンピースのサイドファスナーを彼が探し当て、下げようとしたところで声をかける。一つ気になることがあった。

「ん？　どうした」

「陸人さんは、眼鏡をかけなくても大丈夫なんですか」

ライトが暗いと、よく見えないかもしれない。春花としては、そのほうがいいけれど。

「大丈夫だ。これほど近いのだから、よく見えるよ」

「そ、そうですか」

陸人は以前、春花の身体を理想的だと語った。ありとあらゆる部位が私を誘惑するのだと、理系男子らしいちょっとおかしな告白もした。言葉はともかくとして、彼はこの身体に女を感じ、女として求めてくれているのだ。

骨太で肩幅も広くて、女らしさとはほど遠い体型なのに。

（私の裸をじっくり見ても、そう思える？　陸人さんのことは信じてるけど、でも……）

ワンピースに続いてキャミソールを脱がされ、ストッキングもくるくると下げられた。

多少ぎこちないようにも思えるが、陸人の手は動きが速い。あれこれ逡巡《しゅんじゅん》する間に、春花はブラとショーツを残した下着姿になっていた。

「春花、腕をどけて」

「……はい」

ここまで剥《は》ぎ取られてしまったら、どうしようもない。春花は観念し、身体を隠すのをやめた。目を閉じて、ありのままを彼に晒《さら》す。

「おお……」

聞こえてきたのは感嘆の声と、熱っぽいため息。春花はゆっくりと瞼《まぶた》を開き、陸人を見上げた。

「何と素晴らしい肉体だ。完璧だよ、春花」

「え……」

彼は両腕を広げ、大げさな仕草で喜びを表している。妖《あや》しく光る目は、彼が興奮状態にあることを表していた。

「君はやはり美しい。私はもう、どうにかなってしまいそうだ」

本気で言っているのだと春花には分かる。出会った日から、彼はずっと本気なのだ。

「う、美しい……ですか？」

「ああ、私の理想そのものだ。君は女神だ」

さすがに面映《おもは》ゆくなり、熱すぎる視線から逃れて横を向いた。柔らかなピローに、火照《ほて》った頬を埋める。

(やっぱり、陸人さんって変わってる)

女神だなどと口走る彼に、ちょっと呆れてしまう。でも、自分だって相当なものだ。彼が変人なことを知ってなお、強く惹《ひ》かれている。

お見合いの日、君の身体を研究したいと彼は言った。大好きなイルカに春花は似ている、でも、それだけではなく、女として魅力的なのだと力説した。

五回も見合いに失敗し、どん底にいた春花を救ってくれたのは、いい人だけどちょっと変態の彼。

(陸人さんが好き。私だって、最初から本気だった)

この部屋が寝室でも実験室でも、実のところどちらでも構わなかったのだ。いっそのこと、もっと変態でもいい。そんな陸人を大好きなのだから。

春花の覚悟は決まった。

「抱いてください」

「……春花」

陸人は小さく深呼吸すると、着ているものを脱ぎ、ボクサーパンツ一枚になった。均整の取れた肉体美に、春花はうっとりと見惚《みと》れる。

逞《たくま》しい身体つきは、スポーツクラブのプールサイドで見ている。だけど、あの時よりも生々しく感じるのはなぜだろう。日に焼けた素肌からは野性的な匂いが立ち上っている。

陸人の妖《あや》しく光る目にぞくぞくするけれど、怖いからじゃない。女として彼の魅力に惹《ひ》かれ、春花も興奮している。それは純粋な欲望だった。

男と女の関係になる。それは、究極のコミュニケーションだと春花は思う。一糸まとわぬ姿になり、美点も欠点もあますところなく見せ合うのだから。

その上肌を重ねたら、さらに深い部分まで知られてしまう。

(あ、だから深い関係って言うのかな)

こんな時にいろいろ考えてしまうのは、逃避かもしれない。陸人に抱かれたい――こんなにもはっきりと欲望を感じているのに、未知の世界への戸惑いを感じている。

覆い被さってきた陸人がもう一度キスをして、始まりを合図した。

「あの……陸人さん、私」

「どうした」

「やっぱり、少し恥ずかしいです」

蚊の鳴くような声で訴える。ブラとショーツを脱がされたら、春花はもう全裸になってしまう。

そして、その後は……

覚悟を決めたはずなのに、怖気《おじけ》づく自分が情けなかった。

「――春花」

「はい」

すがるように彼を見上げる。その刹那《せつな》、まるで武者震いのように、彼が全身を震わせた。

「陸人さん？」

「いや、何でもない。私に任せて、楽にしていなさい」

「ん……」

宥《なだ》めるように言うと、彼は優しくキスしながら、背中に手を潜《もぐ》らせてくる。ブラのホックを探り当て、器用に外した。ストラップが両腕を滑《すべ》り、彼の目の先で二つの丸い果実が零《こぼ》れる。

「ほう」

陸人は感心の声を漏らした。でも春花には、彼が何に感心したのか分からない。サイズも形も、ごく平均的な乳房である。

「やっ」

片方の乳房を彼の手のひらが包み、ゆるく揉んだ。柔らかさを楽しむかのように、何度もゆっくりと。彼は低い体勢となり、もう片方の乳房の頂《いただき》を口に含む。

「あ、あん……っ」

飴《あめ》を舌で転がすように、味わっている。ちゅっと音を立てて、強く吸うのもいやらしい。春花は思わず喉を反らし、嬌声《きょうせい》を上げた。

初めてなのに、感じてしまう。身も心も蕩《とろ》けそうなほどの、絶妙な舌遣いだった。

「甘くて美味《おい》しい。最高のデザートだ」

いやらしすぎる彼の顔。それなのに、春花の気分は高揚してくる。次はどうするの？　と、期待する自分を認めざるを得なかった。何も知らないからこそ、さらなる刺激を求めてしまうのだ、きっと。

「はんっ」

硬くなった実をきゅっと摘《つま》まれ、再び声を上げる。その反応に満足したのか、陸人は実を弄《もてあそ》びながら耳にキスをしてきた。

「もっと解《ほぐ》してあげよう。私を受け入れやすいように」

「……や、だめ」

耳の穴に彼の舌先が侵入してきた。ちろちろと舐められ、春花の全身がビクンと震える。そして、なぜか秘部の辺りが熱を持ち、身体中の血液が集まったみたいに膨《ふく》らんできた。

「あ、どうして……んっ」

キスは首筋に移るけれど、その間も乳首への愛撫は止まらない。彼を受け入れるソコが、自然に解《ほぐ》れていくのが分かる。

陸人の唇は乳房に戻り、さんざん弄《いじ》られたピンクの実を労《いた》わるように、丹念に舐め上げた。

二つの果実を味わい尽くすと、彼の愛欲は胸から下へ、素肌を食《は》みながら下りていく。春花が身を捩《よじ》ろうとしても、彼の手指がそれとなくたしなめ、抵抗を阻んだ。

「どこもかしこも柔らかく、温かい。それに、とてもいい匂いがする」

荒い息遣いと、汗ばむ素肌。大人らしくリードする彼だけど、かなり抑えているのが分かる。

臍《へそ》の辺りまで丹念に愛すと、陸人は膝立ちになった。春花は頬を上気させ、はしたなくも従順な姿で横たわっている。

彼はしばらく見下ろしていたが、ふいに腕を伸ばしてショーツを脱がし始めた。

「あ、陸人さんっ」

「……」

呼びかけに応えず、彼はショーツを引き下げる。その目は欲情に滾《たぎ》り、妖《あや》しく燃えている。

小さな布切れは簡単に剥《は》ぎ取られ、ベッド下に消えた。春花は一糸まとわぬ素裸となり、陸人の支配下に置かれる。

「春花」

「え？　きゃっ」

突然、脚をM字に広げられた。あり得ない格好にされて、反射的に閉じようとする。けれど、無駄だった。陸人の両手に膝裏を掴まれて、どうすることもできない。

「や、やめてください、こんな」

「きれいだ」

身をよじる春花を、彼はじっくりと観察し始める。いやらしくも熱心な視線が、身体のあらゆる部分を探索していく。それは直接触れられるより、ずっと刺激的な愛撫だった。

「あ、いや……っ」

にじみ出る愛液が、シーツを濡らし始めた。止めようとしても止められるわけもなく、横を向いて表情を隠すだけが精一杯。陸人の拘束が緩んだけれど、放してはもらえなかった。

「敏感だな」

「……陸人さん、意地悪です」

ごくりと、唾を呑み込む音がした。そっと窺《うかが》い見ると、彼は姿勢を低くしてM字の中心へ顔を近付けている。

「あ……っ、いやっ」

「初めてなのに、すまない。どうしても欲しくなった」

ひんやりとした舌先が、秘部に触れた。脚は自由になったけれど、閉じようとしても陸人の頭が挟まっている。

「やめ、て……そんなところ、舐めちゃだめですっ」

「……」

彼は春花の制止をまったく受け入れない。突起を吸ったり、谷間を舐め上げたり、好物を堪能するかのように夢中で貪《むさぼ》る。くちゅくちゅと食《は》む音をさせるのは、わざとかもしれない。

「いや……あ……っ」

春花は抵抗しかけるが、途中で力を抜いた。それは諦めではなく、快楽に負けてのことだ。

「は、あん……」

自分のものとは思えない、甘えた声が漏れる。こんなことをされて、悦《よろこ》ぶなんていやらしすぎる。だけど、頭で考えるのとは裏腹に、身体が敏感に反応していた。

何だかとても我慢できない。堪《たま》らない気持ちになってくる。

「君が好きだよ」

陸人は食べるのをやめて、春花に覆い被さってきた。キスをすると、深く舌を差し入れ口中を舐め回す。まざり合う唾液が顎《あご》を伝い、ピローに零《こぼ》れた。

「陸人さん……あ、ああっ」

キスしながら、彼の片手は腿《もも》の内側へ忍び込み、愛液の泉を探り当てていた。指先を押し込み、少し引いてはさらに押し込む。十分に濡れて滑《なめ》らかだけど、やはり狭くてきつい。二十七年間、閉ざされていた扉は堅く、純潔を守っている。

「大丈夫だよ。これなら、いける」

励ましてくれる彼の背中に腕を回し、しがみ付いた。筋肉質の逞《たくま》しい身体は大きくて、すっぽりと包んでくれる。どんな痛みを感じても、きっと我慢できる。

「今すぐ抱いて、陸人さん」

「春花……」

思いやりに溢《あふ》れた声と眼差し。春花は心から、この人の望みを叶えてあげたいと思った。

「慌てなくてもいい。まずはリラックスしてからだ」

でも……と、言いかける唇を彼は塞いだ。口中をたっぷりと舐め、優しい手つきで背中を撫でてくれる。春花はしがみつく腕から力を抜いて、ゆったりと抱かれた。

「そうだ、楽にしていなさい」

囁《ささや》きと同時に、彼の指が腿《もも》の間に滑《すべ》り込む。反射的に脚を開くと、手のひらに股を覆われた。

「陸……」

「じっとして」

中指が谷間に潜《もぐ》り、柔らかな壁を愛しげになぞる。親指が突起に触れるたび背中に電気が走り、愛液が溢れた。さっきよりももっと豊かに、たくさんの液体がシーツに沁みていく。

「や、こんなの」

恥ずかしくて腰を引こうとするが、彼にしっかりと抱かれているので身動きがとれない。緩やかな愛撫を繰り返され、春花の身体はウズウズしてくる。

指の動きに合わせて腰を上下させるなんて、はしたない。でも、どうしても止められなかった。

「気持ちよさそうだ。欲しいのか？」

春花は迷わず頷いた。よく分からないけれど、早くどうにかして欲しい、この疼《うず》きを。

ふいに彼の手指が速く動き、奥から手前へとまっすぐに線を引いた。これまでよりも格段に強い刺激が春花を襲う。

「は……あんっ」

今のは何だったのか。頭の中が真っ白になり、意識が飛びそうになった。

戸惑う春花を陸人は真顔で見守り、そして愛液に濡れた指先で、二度、三度と同じように攻めてくる。強い刺激の連続に春花は身悶《みもだ》えた。

「……ああっ」

今度こそ意識が飛び、小さな悲鳴を上げた。春花は彼に導かれ、快感の頂点に達したのだ。

気が付くと、初めての経験に震える身体を、陸人が抱きしめていた。心配そうに覗き込む彼の頬に、春花はそっと触れる。

「すまない、刺激が強すぎたな。怖かったか？」

「違うの……私、嬉しくて」

「嬉しい？」

「あなたを感じることが嬉しい。もっと、もっと感じたい」

上手く言えないけれど、これが春花の本心だ。懸命に彼を見つめて、気持ちを伝えた。

「春花……」

彼は微笑み、額《ひたい》と頬、唇にキスをくれた。汗ばむ素肌から、甘い香りがする。

「すぐに戻る」

陸人は起き上がり、こちらに背を向けると、サイドテーブルから小箱を取って準備を始めた。

いよいよ、彼を受け入れるのだ。長い愛撫で身も心も解《ほぐ》れた春花だけれど、ほんの少しだけ不安になる。指を入れただけで、あれほどの異物感があるのに、耐えられるだろうか。

(大丈夫、陸人さんだもの)

早鐘を打ち始める胸を押さえ、戻って来る彼を見つめた。ボクサーパンツを脱ぎ、彼も全裸になっている。猛々《たけだけ》しく黒い塊が、身体の中心に存在していた。

「どうしても我慢できなかったら、すぐに教えなさい。いいね」

「はい」

陸人の身体は大きくて立派で、男らしい。彼に比べたら、春花なんてほっそりとして、頼りないくらいだ。彼の下になり、春花は唇を震わせた。

脚を広げられて、彼の先端を入り口にあてがわれる。潤《うるお》いをたっぷり塗り付けてから、ぐっと押し込んできた。

「……んっ」

「春花、力を抜いて」

徐々に、じっくりと、彼は捻じ込む。無理やりじゃないのに、慎重にしてくれるのに、やっぱり痛い。思わず涙ぐみ、責めるように彼を見返した。

「上手だよ」

微笑む彼の、優しい眼差し。痛みも涙も、たちまちどこかに飛んでいく。

(ああ……この人はいつだって優しい。どんな時も、私を守ってくれる)

ゆったりとした、海のような男性。その広い懐《ふところ》を、春花は自由に泳ぎ回る。彼と一緒なら、様々なしがらみから解放されて、自分らしく伸び伸びと生きられるのだ。

もし、あの日あの時出会えなければ、どうなっていたのだろう。

『君のような女性がこの世にいたとは。まさに奇跡だ』と、彼は言った。それは春花の台詞《せりふ》でもある。こんな奇跡、そうそう起きるものじゃない。

「ん、ああっ……いや……」

体重がかけられ、杭が深く打ち立てられる。春花は呼吸を乱し、首を左右に振った。とてつもなく熱い滾《たぎ》りが、ナカを支配している。

「春花、春花」

ぼんやりと霞《かす》む視界に、心配そうな彼の顔。そんな表情《かお》しないで。春花は懸命に笑おうとした。

「はあっ、はあ……あああ」

一気に奥まで入り、彼は春花を抱きしめた。背中に爪を立てられても、彼は絶対に離しはしない。

やがて進行は止まり、シーツが赤く染まった。

「ううっ、りくと……さ……」

「痛むか？」

甘くて穏やかな、低い声。腰を撫でさする彼に、「ううん」と返事をする。ズキズキするけれど、痛くなんかない。それよりも、一つになれた喜びで、心は満たされている。

「温かい……春花、君が大好きだ」

汗ばむ身体が愛しい。初めての女性を傷つけないよう、必死で制御してくれたのだ。そして、こんなに思いやりに溢《あふ》れたキスをしてくれる。

「ん……陸人さん……私も、大好き」

「ああ、春花。君は本当に、か……」

唇を離し、見つめ合う。陸人は何か言いかけたまま、どうしてか真っ赤になった。

「陸人さん？」

「いや……その、何でもない」

春花が覗き込もうとすると、ピローに押し倒してきた。噛み付くようなキスが唇を塞いでしまい、追及を許さない。

「む……むぐ……っ？」

「言っておくが、まだ終わったわけじゃないぞ。これからが、私の本望だ」

「はあ……えっ？」

彼は腰を押し出し、根元までしっかりと結合させる。春花を見下ろしながら、ゆっくり前後に動かし始めた。

そう、セックスはこれから。彼の想いは、まだ伝わっていない。

「待って、陸人さ……やっ、ああん」

「いいよ、春花。それでいい」

春花を強引に組み敷き、彼は揺らした。まるで、何かをごまかすみたいなやり方だけど、その謎に拘《こだわ》る余裕を、春花は持てない。

二人の交わりは、これからもっともっと深くなる。余計なことは考えず、ついて行かなければ。

「君は開発の余地があるね。実験を重ねて、研究しなければ」

「じ、実験？」

彼の瞳がきらりと光り、運動のスピードも速くなる。

謎は尽きないけれど、この温《ぬく》もりは陸人の愛情。何があっても、信じられる。

春花は瞼《まぶた》を閉じて、彼のリズムに身を任せた。

「んん……あ、ああっ……」

「はる……かっ」

擦《す》れる部分が熱い。激しく前後する彼の全身が一気に燃え上がった。

「だめ、いやあ……」

「……もう、止まらないよ。最後まで……行く」

思い切りかき混ぜられて、春花はぐちゃぐちゃになる。汗と愛液にまみれた肉体が溶け合っていく。苦しいのに、快楽が全身を駆け巡り、どうにかなりそうだった。

「あああっ！」

やがて、熱いものがナカに注がれた。薄い膜を通しても感じるほど、どくんどくんと勢いよく、溢《あふ》れてしまいそうなほどに。こんなに我慢していたのだ。春花はぎゅっと目をつむり、涙を滲《にじ》ませた。

「く……ううっ……」

陸人は苦しげに呻《うめ》くけれど、押し付けていた腰を引くと、悦《よろこ》びに溢れた表情になる。

まるで、全速力で走り抜け、ゴールインしたランナーのよう。胸板を汗が伝い、肩は大きく上下している。

覆い被さってくる彼を抱き寄せると、頬に、唇にキスをする。愛しくて愛しくて、仕方がない。

「春花……私の、春花」

息を整えながら、何度も囁《ささや》きかける。

「陸人さん、あなたが好き。私は……あなたのものです」

「あ……りがとう、はるか……」

春花はうっすらと瞼《まぶた》を開く。彼の潤《うる》んだ瞳に、すべての気持ちが映っている。

「愛しているよ。私だけの春花、美しい君を」

かけがえのない人——

温かな胸に抱かれ、春花は幸せの涙を零《こぼ》した。

二人は長く深く愛し合い、それから少し眠った。

シャワーを浴びた後、春花は洗面台の鏡の前で髪を乾かし、ポーチの化粧道具でメイクする。ワンピースを身に着けてリビングに移動すると、陸人が待っていた。彼は先ほどまで着ていたダークスーツではなく、生成《きな》りのサマーセーターと綿パンツに着替えている。

目が合うと春花はもじもじしたが、陸人は満足そうな笑みを浮かべた。

「行こうか」

「はい」

時刻は午後一時を回っている。陸人の提案で、昼食は近くのカフェで済ませることにした。その後、散歩がてらショッピングセンターまで歩き、夕飯の食材を買い物する予定だ。今夜は春花の手料理を食べたいと、彼にリクエストされた。

(何だか、新婚さんの休日って感じ)

陸人と手を繋いで街を歩く。いつもよりしっくりと肌が馴染《なじ》むのは、二人の関係がこれまでとは違っているからだろうか。春花は彼と、ついに身も心も一つになれたのだ。

「疲れていないか」

「えっ」

陸人がふいに立ち止まり、春花の顔を覗き込んできた。近すぎて後ずさりしそうになるが、反対に引き寄せられてしまう。

「初めてなのに、頑張らせてしまったな」

「は、はい?」

春花はたちまち真っ赤になり、慌てふためく。明るい街中《まちなか》で、一体何を言い出すのか。

「いえっ、全然大丈夫です。体力はありますから」

恥ずかしさのあまり、色気ゼロの返事になってしまう。だけど陸人はそれを聞いて嬉しそうに頷いた。

「それは素晴らしい。ふふ……今後が楽しみだ」

「うっ」

考えてみれば、一緒に暮らし始めたら毎晩その機会がある。というより、今日のように昼間から抱き合うことも可能だ。

(でも、陸人さんのほうが体力あるよね。体格もいいし、精力的というか……)

フィールドワークで鍛《きた》えられた肉体は、三十代半ばの男性にしては若々しいのではないか。筋肉質な裸身を思い出し、耳まで熱くなった。

「これはモルディブだな！」

陸人の弾んだ声が聞こえて、春花は顔を上げる。

彼が注目するのは、旅行会社の壁面を飾る大型ポスターだ。白い砂浜と青い海。真珠の首飾りのような環礁《かんしょう》と、イルカやマンタなど海の生き物が合成されている。

「あ、この島って……」

結婚情報誌の新婚旅行特集に載っていた。海が好きな彼となら楽しく過ごせそうだと思った、南の島である。

「モルディブ共和国。インド洋に浮かぶ楽園の島々だ。海洋生物の宝庫であり、私も以前研修で訪れたことがある」

「えっ、そうなんですか？」

春花は羨望《せんぼう》の眼差しで陸人を見上げた。研究のためとはいえ、こんな素敵な場所に旅行したなんて羨《うらや》ましい。

「行きたいか？」

「はい。雑誌の特集記事に写真が載ってたんです。新婚旅行に行くならここだなあって」

陸人の目がきらりと光る。ポスターと春花を交互に眺め、分かったというふうに顎《あご》を引いた。

「私も賛成だ。もう一度、今度はプライベートで出かけたいと考えていたのだ。君と一緒なら最高の旅になるぞ」

「わ、本当ですか？」

思わぬ時に、旅行の行き先が決まった。いろいろ迷ったけれど、きっかけ一つで意見がまとまるなんて運命のようだ。

「しかし、新婚旅行か……ふむ」

陸人はポスターに目をやりながら、考え深げに顎を撫でる。すっかり盛り上がっている春花は、何か問題でもあるのだろうかと心配になった。

「なあ、春花」

「は」

こちらを見ると彼は嬉しそうに、でも少し済まなそうな顔で言った。

「『新婚』ではなく、婚前旅行にしないか。もし、君の仕事に差し障《さわ》りがなければだが」

「婚前……旅行？」

とりあえず、二人はカフェに移動した。その店は通りを入ったところにあり、洒落《しゃれ》た外観がパリの街角を彷彿《ほうふつ》とさせる。しかし中に入ると意外に素朴で、雰囲気も落ち着いていた。奥の席に座り、オープンサンドとコーヒーを二人分注文してから、あらためて向き合う。

彼の話をよく聞くと、こういうことだった。

秋に開かれる学会で、陸人は教授代理として研究発表することになった。教授の海外出張が急に決まったらしく、その代役ということだ。

そのため彼は、今からその準備に取りかかっている。学会が間近になればさらに多忙となり、結婚式はともかく旅行に出かける余裕はないかもしれない。

「順序に拘《こだわ》らず、行けるうちに行ったほうがいいのではと、今閃《ひらめ》いたのだ。できれば六月後半が望ましい。夏はフィールドワークが忙しくなるし、学会の準備にも取りかからねばならない。すべて私の都合で申し訳ないのだが」

「六月後半……それはまた、近々ですね」

思いがけない提案に、春花は戸惑う。しかし状況を考えると、そのほうがいいような気もした。

「私の仕事も、毎年秋から冬にかけて忙しくなります。逆に、六月後半は季節の谷間なのでゆとりがありますし。スケジュールの都合もつけやすいです」

「それなら、行けそうであれば連絡をくれないか。懇意にしている旅行会社に、ホテルを押さえてもらう。急なことだが、対応してくれるはずだ」

彼の口調は落ち着いたものだが、頬が少し紅潮しているように見える。

コーヒーと一緒にオープンサンドが運ばれて来た。パンの上にレタスやベーコン、卵やフルーツが盛られている。カラフルで栄養バランスの取れた料理を、陸人はおいしそうに食べ始めた。

「きれいでしょうね、モルディブの海。ポスターにはイルカやマンタの写真がありましたけど、普通に泳いでるのかな」

「ああ、もちろん」

陸人はナフキンで口元を拭《ぬぐ》うと、テーブルの上に身を乗り出した。春花が何気なく口にした言葉に、彼は敏感に反応している。

「シュノーケリングやダイビングの最中に、イルカに遭遇することもある。野生のイルカを、こんな近くで観察できるのだよ」

「え？　あ、あの……」

春花に顔を近付け、熱く語り始めた。大好きなイルカの話になると、彼はたちまちクールを返上してしまう。頬を紅潮させた理由は、ここにあったのだ。

「ハシナガイルカという、バンドウよりも小型の種類だけどね。調査で沖に出た時、停泊した船の周りを泳いでいた。興味あり気に近付いて来て、私をちらちらと見てるんだ。でも、そのうち仲間と遊び始めて、船から離れてしまった。すっかりその気になって、急いで海に入る支度をしたのに……私は置いてけぼりだ」

ため息をつく陸人だが、目尻は下がっている。本当にこの人はイルカに夢中なのだ。ちょっぴり妬《や》けるけれど、嬉しそうな笑顔に釣られて、春花も微笑んでしまう。

「ダイビングも楽しそうですね」

「ああ、せっかくだから海に潜《もぐ》りたいな。経験は？」

「初級ですけど、Ｃカードを持っています」

「それは素晴らしい」

泳ぐのが好きな春花は、ダイビングにも関心があった。仕事の上でも役立つと思い、入社して間もない頃にＣカード――ダイビングの認定証――を取得している。

「六月ともなると、モルディブの海は魚の種類がぐっと増える。インド洋の固有種を観察するのも面白いぞ」

陸人はオープンサンドの残りを平らげると、興奮を静めるようにコーヒーを飲んだ。ゆっくりとカップを置くと、春花を見つめる。

「君とあの島に行けるなんて……私は幸せだよ、春花」

南の島の太陽みたいに、熱い視線が降り注ぐ。恋愛初心者の無防備な素肌は、火傷《やけど》してしまいそうだ。海とイルカと、そして春花に関しては、彼はクールでいられない。怖いほどまっすぐに求めてくる。

「私のものだ。身も心も」

「え、あ……」

テーブル越しに手を握ってきた。周囲の目など気にしない、彼らしいアプローチに困惑しつつも春花はされるがまま。大人しく、情熱を受け止めている。

「今度、宝飾店に行こう。約束のしるしを贈りたい」

「しるし……」

「君に似合う指輪が、きっと見つかる」

朝な夕な春花を飾る、透明な宝石《いし》。

彼の言葉どおり、春花は身も心も捕らえられていた。


「わっ、もうこんな時間。ボーっとしてる場合じゃない」

今日はお泊まりデートの翌日、月曜日。ここは職場であり、午後の仕事が始まろうとしている。

春花は気を引き締めると、外回りの準備に取りかかった。

「八尋君、ちょっと」

「はい」

顔を上げると、課長がデスクで手招きをしている。時計を気にしながら、速足で近付いた。

「今朝の話だが、ＯＫだよ。君は日頃から無遅刻無欠勤で、有給もろくに消化していない。少し働きすぎなくらいだからね、この機会にゆっくり出かけてきなさい。日にちが確定したら、申請書を提出するように」

「あ、ありがとうございます」

春花は朝一番で、旅行のため休みを取りたいと上司に相談していた。しかしこれほど早く返事がもらえるとは思っていなかった。

「何だ、八尋が休暇なんて珍しいな」

「海外旅行でもするの？」

課長の地声は大きく、周囲に丸聞こえだったのだ。居合わせた同僚達が、興味津々《きょうみしんしん》の顔で注目している。しかも海外と言い当てられて、春花は狼狽《うろた》えた。どうごまかそうかと考えかけた時……

「新婚旅行かぁ？　相変わらず行動が早いなあ、八尋の婚約者は」

「なっ」

横から口を出したのは神林だ。皆の視線が一斉に彼に向かい、その後すぐ春花に返ってきた。

「おいおい、神林君。八尋君のプライベートだぞ」

「あっ、そうですよね。すみませーん」

課長に咎《とが》められ、神林はわざとらしく口を覆うが、その目は笑っている。

(もうー、どうしてばらすんですか！)

からかわれるのが嫌で、仕事仲間には結婚についてまだ話していない。それを知っているだろうに、あっさり喋《しゃべ》るなんて。へらへら笑う先輩を春花はじろりと睨《にら》んだ。

「婚約者？　八尋、結婚するのか」

相手はもちろん男だよな——とか言われるのを覚悟した。どんな反応をされても耐えられるよう、春花は足を踏ん張る。

「へええ、知らなかったぜ。でも、そんな気がしてたなあ」

「あ、俺も俺も」

「はい？」

想像と違う反応に、間の抜けた声が漏れた。

「……そんな気が、しましたか？」

男達は一様に頷く。皆、からかうどころか真面目な態度なので、調子が狂ってしまう。ぽけっとする春花に、年長の社員が、しみじみとした口調で言った。

「八尋はこの頃、女らしくなったよ。少し前までは、何て言うかこう……きびきびとしたスポーツマンって感じでさ。運動部の、男の後輩みたいな？」

「は、はあ……」

それは自覚している。でも、女らしくなったとは？　首を傾げていると、今度は後輩に指摘される。

「先輩、最近お洒落《しゃれ》ですよね。髪が伸びて、かなり印象が変わったし。あと、そのネックレスも」

「あっ」

反射的に襟元を押さえた。肌身離さず身に着けているアクアマリンだ。

「彼氏さんのプレゼントかなあと」

「ハイ……」

春花は素直に認めた。確かに最近は身だしなみに気を配り、髪も伸ばしている。アクセサリーも、すべて陸人を意識してのこと。

「なるほど、愛の力で八尋は変わったんだなあ」

「ええっ？　あ、愛って……そう……なんでしょうか」

仕事仲間とこんな話をするのは初めてで、妙な心地だった。だけど、誰一人冷やかさず、温かい目で見守ってくれる。

「いや、何にせよめでたいことだ。おめでとう、八尋」

神林を中心に拍手が湧き起こった。隣の課員が振り返り、何事かと注目してくる。春花はいよいよいたたまれず、背中に汗を滲《にじ》ませた。

「あ、ありがとうございます。あの……私、急ぎますんで。外回りに行ってきます！」

ビジネスバッグを抱えると、ぺこりと頭を下げてオフィスを出た。これ以上あの場所にいたら、泣いてしまうかもしれない。こんな気持ちになるのも初めてだった。

これまで閉ざされていた扉が開き、様々な景色が見えてくる。それはきっと、彼と出会えたから。そう思えることが嬉しくて、やっぱり泣けてしまう。

（陸人さん、ありがとう）

心で彼に呟き、目尻を拭《ぬぐ》った。


その夜、春花が帰宅して居間を覗くと、聡子がいた。

「お帰りなさい、春花ちゃん。更科先生と順調のようで、私も嬉しいわあ。いろんな意味でご馳走《ちそう》さま！」

彼女が掲げるのは、一昨日陸人が持参した和菓子である。厚切りのういろうが、三枚の小皿に分けてあった。

「もうすぐ帰る頃だと思って」

母が春花にもお茶を淹《い》れて、菓子と一緒にすすめた。

「ありがとう、お母さん」

ソファに座ると、聡子が興味津々《きょうみしんしん》の目を向けてくる。

「大学で更科先生をお見かけするけど、いつもご機嫌なの。かなりラブラブみたいねえ」

「う、うん。おかげ様で」

「それで、今はどんな感じなの？　先生に根掘り葉掘り訊《き》くわけにいかないし。春花ちゃん、教えてちょうだいな」

聡子は他でもない、陸人を紹介してくれた人である。できるだけ詳しく現状を報告した。

「まあ、婚前旅行だなんて素敵！　そうよねえ、先生はお忙しい身だもの。行ける時に行っといたほうがいいわよ」

結婚前に同居することも、旅行に出かけることも、聡子は賛成してくれた。陸人の仕事事情を承知しているので、話がスムーズに通じる。

「講義に研究、フィールドワークから学会まで。大学の先生って大変なのねえ」

母がおっとり言うと、聡子は「そうなのよ」と頷く。

「その上、最近は文系の学生のために、特別講座を開いてるのよ。理系の学生だけでも手一杯のはずなのに、先生ってば教育熱心だから」

春花はういろうに入れかけた菓子楊枝《ようじ》を止める。砂糖菓子のように甘くて可愛い女子学生――。反射的に、その輪郭が頭に浮かんだ。

「でも、さすが明都大学ね。先生もだけど、学生の皆さんも勉強熱心だわ」

感心する母に、聡子はひらひらと手を振った。

「違うのよ。春花ちゃんの前で言うのも何だけど、受講者の大半は女の子で、講義より先生が目当てなの。更科先生は理科好きの女性が増えたと喜んでるけど、実際のところは先生のファンなのよ。理系の学生達が噂してたわ」

「まあ……」

母が複雑そうな顔でこちらを窺《うかが》ってくる。春花はういろうを二つに切ると、一つを口に運んだ。大学の先生が女子学生に人気なのは、悪いことではない。

もちもちとした食感を味わいながら、笑みを作った。

「学生が集まるのは、陸人さんの講義が面白いからだと思う。先生が目当てだとしても、それをきっかけに理科に興味が持てたら、結果オーライじゃないかな」

だからこそ陸人は、特別講座を開いたのだ。先生として、純粋な気持ちで。

「おやまあ、春花ちゃんは心が広いこと。私だったら、そんな不埒《ふらち》な女どもはこうしてくれる」

聡子は大げさな動きで、虫を追い払う仕草をした。

「それにしても、更科先生のファンって、可愛らしいコが多いのよね。お嬢様タイプって言うのかしら？　ふわふわのワンピースなんか着ちゃって、ヘアスタイルもメイクも完璧なのよ」

つまり、春花と反対のタイプだ。聡子の話を聞くうち、女子学生の姿が具体的になってきた。水族館デートの日、春花達と遭遇した彼女である。

（美月さん……か。今も陸人さんの講義を受けてるのかな）

ぶるっと頭を振ると、ういろうの残りをぱくぱくと頬張り、お茶を飲み干す。そんなこと、考えても仕方のないことだ。

春花は湯呑みを置くと、サッと立ち上がった。

「旅行の休みが取れたこと、陸人さんに電話しなきゃ。聡子さん、ゆっくりしていってね」

「ありがとう。春花ちゃん、愛するダーリンによろしくね」

聡子と母の明るい笑い声を背に、階段を上った。自室に入ってドアを閉じると、ふーっと息をつく。それは、自分に対する深いため息だった。

こんなに幸せなのに、何かの拍子にトラウマが復活してしまう。

（しょうがないなあ、私は）

でも、大丈夫。もうすぐ陸人と同棲し、旅行にも行く。秋には結婚して、夫婦になるのだ。彼の傍《そば》にいれば、コンプレックスなど消えてしまうだろう。

それに、水族館の彼女達とは二度と会わないはず。あんな偶然、たびたびあるものではない。

だから、『こんな人がタイプだったの？』という目で見られることもない。

春花は自分を落ち着かせた。スマートフォンを取り出すと、陸人の名前をタップする。呼び出し音がいくらも鳴らないうちに彼が応答した。

『こんばんは、春花』

「陸人さん……」

甘い呼びかけ一つで、世界が薔薇《ばら》色に染まってしまう。魔法使いの前では、十年来のコンプレックスもどうってことない。

(うん、私は大丈夫)

すべてを受け入れ愛してくれる男性に、春花は甘えた。


五月下旬の日曜日。春花はミッドビューホテル東京の衣装室を訪れている。手袋や靴などの付属品を選び、ウエディングドレスと合わせて試着するためだ。

「八尋様、ドレスをお持ちしますので、こちらの控室でお待ちくださいね」

寺内が出て行くと、パーティションに仕切られた空間で一人になった。

壁の時計は午後一時を指している。春花は窓辺に寄ると、どんよりとした空を見上げた。梅雨《つゆ》の前触れか、今にも降り出しそうな空模様である。

(陸人さん、忙しそうだなあ)

今日は彼も試着する予定だが、仕事の都合で少し遅れると、先ほど連絡があった。

大学の准《じゅん》教授として、陸人は多忙な日々を送っている。試着が済んだら彼のマンションに寄ると約束したけれど、遠慮すべきかもしれない。

「お待たせいたしました」

寺内は直《じき》に戻って来ると、ウエディングドレスをラックにかけた。付属品は部屋にあらかじめ用意されているので、これで試着の準備完了だ。

「わあ、きれいですね」

ヴェールやアクセサリー、靴、ハンカチに至るまで種類が揃っている。春花はウエディングドレスに着替えると、寺内と相談しながら付属品を決めていった。

「サテンのロンググローブと、パールのデザインアクセサリー。ブライダルシューズはこちらのサイズでと……髪型はアップスタイルにして、マリアヴェールを合わせます。ブーケはクレッセント型ですね」

あれこれと悩んだ末、ようやく花嫁姿が調《ととの》えられた。当日は、プロのアーティストがヘアとメイクを仕上げてくれるとのこと。

「楽しみですねえ。試着の段階で、これほどお美しいのですから」

「あ、ありがとうございます」

鏡に映る花嫁姿を、信じられない思いで見つめた。これが私？　と、ベタな台詞《せりふ》を実感を込めて呟いてしまう。

「八尋様、お電話みたいですよ」

バッグの上に置いたスマートフォンが震えている。春花はヴェールを脱いで寺内に預けると、急いで応答した。陸人からである。

「はい、分かりました。待っていますね」

通話を切ると、陸人がホテルの駐車場に着いたことを、寺内に報告した。

「まあ、ナイスタイミングですね。それでは早速、クローゼットに移動しましょう」

花嫁のドレスに合わせて、花婿の衣装を選ぶとのこと。

ようやく陸人にドレス姿を披露できる。彼の反応を想像し、春花はそわそわしてきた。

でも、陸人にもじっくり衣装を選んでほしい。素敵なタキシード姿を、春花も堪能したいのだ。

(王子様は何を着ても似合うだろうけど、うふふ……)

ウキウキして、思わずスキップしたくなる。だけど、今はちょっと無理だった。

ヒールの高い靴は履き慣れなくて、ぐらぐらする。平らなカーペットの上ですら転びそうになるし、足首がちょっとだけ痛い。

(花嫁って、大変なんだな)

焦らないで歩こうと、自分に言い聞かせた。

クローゼットの部屋はパーティションを出て、通路を進んだ突き当たりにある。ドアを開けて中に入ったところで、寺内が慌てた様子になった。

「八尋様、申し訳ありません。事務所にカタログを置き忘れてしまいました。取りに行ってまいりますので、少しだけお待ち願えませんか」

「あ、はい。私は大丈夫です」

「すみません、すぐに戻りますので」

頭を下げながら、寺内が部屋を出て行く。春花は前に向き直ると、ゆっくりと足を進めた。

広々とした部屋に、衣装を選ぶカップルの姿が何組か見られる。姉妹か友人だろうか、女性も連れ立って賑《にぎ》やかな雰囲気だ。

「あのっ、すみません。もしかしてあなたは……」

「えっ？」

タキシードを眺めていると、ふいに呼びかけられた。春花はビクッとして、反射的に振り返る。

聞き覚えのある声だった。

「美月……さん？」

彼女とは二度と会わないだろう——、そう思っていた。

それなのになぜ、よりによって今日、この場所でまた会うなんて。

「ドレス姿が別人すぎて、まさかと思いました。でも、やっぱりそうですよね。みなと水族館で更科先生と一緒にいた……えっと」

「あ、八尋と言います。あの……」

どうして、ここに？　と訊《き》こうとする前に、彼女から答えをくれた。

「私、従姉《いとこ》の付き添いで来てるんです。彼女、秋に結婚するので」

美月の後ろで、彼女とよく似た女性がドレスを選んでいる。フリルをふんだんに使った、可愛らしいドレスを身体にあてがっていた。

「そうなんですか。ぐ、偶然ですね」

「……」

美月は返事をせず、明るく振舞おうとする春花を、ただ見上げている。

気まずい空気が流れた。

「もしかして、先生と……ですか？」

ぽつりと問われ、春花はぎこちなく頷く。彼女の気持ちは察するけれど、隠しても仕方がない。

「そうですか。もう、そこまで進んでるんだ……」

「え？」

よく聞こえず耳を寄せようとすると、美月はパッと顔を上げ、作ったと分かる笑みを浮かべた。

「そのドレス、大人っぽくて素敵ですね。でも、私には絶対似合わないデザインだなあ」

春花は目を瞬《またた》かせる。今のは褒《ほ》め言葉のようだけど、どう返せばいいのか分からない。

「私だったら、フリルやコサージュで可愛く飾った、プリンセスラインがいいな。もっとお姫様っぽいドレスを着たいもの。女の子だったら、それが普通ですよね？　先生だって、可愛いのがお好きだと思うけどなあ」

美月のお喋《しゃべ》りは他愛のないもので、傍《はた》から見れば微笑ましい光景だろう。だけど、春花は笑えなかった。彼女の納得できない気持ちが、言葉の節々に表れている。

こんな人がタイプだったの――？

そんな心の声が聞こえてくる。

「春花、遅くなってすまない」

その時、背後から呼ぶ人がいた。振り向くと、スーツ姿の陸人が部屋に入って来るところだった。

「陸人さ……」

「わあっ、更科先生！　こんにちはー、偶然ですね！」

美月は陸人に駆け寄り、大げさにはしゃいだ。春花はぽつんと立ち止まり、何も言えずに二人を眺める。

天然の華やかさの前では、どんなに素晴らしいドレスも霞《かす》んでしまうのだと思い知らされた。

「従姉《いとこ》の付き添いで？　それはまた偶然だな」

「はい。八尋さんがいらしたので、びっくりしました。モデルさんみたいで、かっこいいですよね」

明るくて、悪気のない口調。だけど春花はいたたまれなくなる。なぜなら、かっこいいというのは、美月にとって褒め言葉ではない。

「……うむ」

美月の頭越しに、陸人が見つめてくる。その眼差しは強く情熱的で、春花の逃げ出しそうな身体を捕まえてしまう。彼の視界にいるのは、春花ただ一人だと教えていた。

(陸人さん……)

こちらを見た美月の顔から、笑みが消えた。感情があからさまになり、淡いピンクの唇が微《かす》かに震えている。

「だけど、八尋さんってホントにかっこいいもの。すっごいイケメンだねって、初めてお会いした日も、友達と話してたんですよ。先生と並ぶと、仲のいい男友達みたいで羨《うらや》ましいとか。ふふ……」

冗談ぽい口調だが、美月の言葉に春花は悪意を感じた。しかし、おそらく陸人は気付いていないだろう。彼からは、彼女の表情は見えない。

「ウエディングドレスもいいけど、タキシードも似合いそうですね」

トラウマを刺激する、強烈な一撃だった。

春花は睫《まつ》毛《げ》を伏せて、こみ上げてくるものを必死で抑える。

「あの……私、控室に忘れ物しちゃったから……取りに行ってきます」

「春花？」

急いで部屋を出ようとするが、マーメイドドレスでの歩幅は狭く、つんのめって転びそうになった。足元も、高いヒールが不安定で身体を支えきれない。

「きゃ……」

「危ない！」

まるで、スローモーションの映像だった。陸人が美月をどかし、思い切り腕を伸ばしてくる。気が付けばがっしりと受け止められ、春花は彼の腕の中にいた。

「あ……陸人さん」

「大丈夫か？」

覗き込む目は真剣で、腰を抱く力は強い。絶対的な安定感が春花を包んでいる。

美しい花嫁になったつもりで、浮かれていたのだ。焦らないで歩こうと気を付けていたのに、美月や、美月の従姉《いとこ》のような女性の前で、無様にこけるなんて。

そして何より、陸人を巻き添えにしたことが申し訳なくて、恥ずかしい。

「ごめんなさい」

「本当に君は、しょうがない子だ」

ふわりと身体が浮いた。その感覚に驚き、思わず陸人の首にしがみつく。

「しっかり掴まっていろ」

「……え？」

生まれて初めての体勢を、春花はすぐに把握できない。だけど、ゆったりとした心地と彼の温《ぬく》もりに、じわじわと実感が湧いてきた。

これって、お姫様抱っこ――？

部屋に居合わせた人達が、一斉に注目してくる。

陸人の肩越しに見えるのは、美月の愕然《がくぜん》とした顔。春花はぎゅっと瞼《まぶた》を閉じた。

「それでは美月君、私達は失礼するよ」

陸人は歩き出し、軽々と春花を運んだ。通路を進み、控室に戻ったのが気配で分かる。そっと薄目を開けると、優しい瞳が見守っていた。

「君を一目見て、信じられないほど感動した。きれいだよ、春花」

「陸人さん……」

「春花は美しい。大切な大切な、私の花嫁だ」

大魔法使いが、愛と勇気のキスをくれる。不安もコンプレックスも、すべて消え去っていた。

六月の初めに両家の顔合わせを行う。その日に、陸人のマンションに引越すと春花は決めた。引越すと言っても、大方の荷物は運んであるので、身体一つで移るだけ。その日は荷物を解いて、生活できるように整理するのだ。

彼と一緒にいたい、離れたくないという気持ちが最高潮に達している。もう我慢できなかった。

「でもさ、先生はこれからフィールドワークの季節でしょ。同居しても、ほとんど家にいないんじゃないの？」

引越しを明日に控えた土曜日。春花はスポーツクラブのプールサイドで理子と話していた。今回はスイミングキャップの試着を頼まれたのだ。

ストレッチしながら近況を伝える春花に、理子はリケジョらしく冷静な意見を述べた。

「そうなんだよね。話を聞いてると、かなり忙しくなるみたい」

春花は複雑な笑みを浮かべた。六月下旬に旅行に行って、帰って来たらすぐ陸人はフィールドワークへ出発する。千葉の研究施設を拠点に、海洋に生息する鯨《くじら》類と魚類を調査・研究するとのこと。研究者にとって野外活動は、楽しくもハードな仕事であるようだ。

「でも、時々はマンションに帰って来るし、その時……」

『お帰りなさい』と言えるから幸せ――と口にしかけて、慌てて引っ込める。我ながら何と甘ったるい発想だろう。クールな理子に、恋愛ボケだと笑われてしまう。

「それにしても、理子。これからフィールドワークの季節だってよく知ってるね。同じ理系でも分野が違うのに」

「ふふふ……」

理子は意味ありげに笑うと、ストレッチを終えた春花をベンチに誘う。落ち着いて話がしたいようだ。

「八尋に会ったら、教えてやろうと思ってたんだ。実は、私の同級生に明都大の海洋学部に行った子がいてさ、先生のことをいろいろ訊《き》いたのよ」

「えっ、そうなの？」

同級生というのは、高校時代のクラスメイトらしい。

「彼女が学生だった頃、先生はまだポスドクで……あ、博士課程を修了した研究生のことね。で、フィールドワークや合宿で、先生の変人ぶりを何度か目撃したらしいよ」

「へ、変人ぶり？」

「そうそう、例えばね」

理子は生き生きとした口調で続けた。

「イルカの身体能力に、人間がどこまで近付けるか実験したんだって。海の上にジャンプ台を設置して、イルカの得意技を真似《まね》するわけ。竿で吊るしたボールを頭で突いたり、輪を潜《くぐ》ったり。先生自らだよ？　集まって来た地元の子ども達にげらげら笑われて、助手を務めた学生は赤面してたらしいよ。先生にとっては大真面目な実験だけど、子どもから見れば変なおじさんだよねえ」

「う、うん」

「あとね、ウミガメの研究では、手作りの甲羅《こうら》を背負って砂浜を這い回ったとか」

「ええっ？」

あのクールで美形な陸人が、今度はウミガメになり切った？　外見と行動のギャップに、春花はさすがに戸惑ってしまう。だけど、意外とすんなり想像できるのはなぜだろう。

「実験の狙いは、ウミガメの生態を探ること。そして、彼らを取り巻く自然環境を、ウミガメの目線で知ること。参加した学生は、砂浜の人工物やゴミ類がいかにウミガメの産卵を妨げているか、実感できたって。とにかく先生はフィールドワークが大好きで、研究のためならそこまでやってしまうらしいよ」

子ども達に笑われても、学生が恥ずかしがっても意に介さない。誰の目も気にせず、ひたすら探求する姿はとても彼らしい。

春花はいつの間にか、更科陸人という人物を深く理解していた。だから、彼の変人ぶりをすんなり想像できるのだ。

「更科先生って、本当に面白い人だねえ。ふふ……あははは」

この友人だってそうだ。同じ研究者として、シンパシーを感じているのだろう。理子と陸人は、やはりよく似ている。

ひとしきり笑うと、理子は目尻を拭《ぬぐ》いつつ春花に向き直った。

「でも、八尋なら先生とうまくやっていけるよ。何しろ、この私と友達なんだからね」

「私もそう思ってたところ」

理子が友達と言ってくれて春花は嬉しい。だけど、慣れない言葉を使ったためか、彼女は何となく照れた様子でいる。

「ところで、先生の実験室はどうだった？　引越すってことは、もう完成したんでしょ」

「実験室……ああ、マンションの部屋のこと？」

春花は最初、寝室を実験室だと勘違いしていた。だけど、そもそもそれは理子の影響である。

「むろん、巨大水槽は置いてあるよね。八尋を実験体に、どんな研究をするのか教えてくれた？」

まったく、理子も人のことを言えない。陸人に負けず劣らず立派な変人である。

興味津々《きょうみしんしん》の彼女に、春花はありのままを教えてあげた。

「はあ？　部屋そのものが巨大水槽ってどういう意味よ。実験室がなくて、どうやって研究するのさ？」

理子は首を傾げている。その辺りは、春花にも説明のしようがない。

「よく分からないけど、観察と実験はするみたい。内容は、相変わらず秘密なんだけど」

「ふうん、謎だなあ。私だったら、とにかくでっかい水槽を置いて、実験体を放り込むね」

理子の視線を追うと、立派な体格をした若い男性がいた。鍛《きた》え抜かれた肉体は、彼女にとってまさに実験体なのだ。何の実験なのかは、こちらも謎である。

「ま、私だって大事な研究ほど秘密にするもんね。でも八尋はいいの？」

ちらりと窺《うかが》ってくる理子に、春花は頷く。

「とりあえず、水槽に放り込まれることはないみたいだし。フツーに生活するよ」

「あはっ。なーるほど」

二人は声を合わせて笑った。筋骨隆々の男性が、プールサイドをのしのしと歩いて行く。上級者コースに入ると、水しぶきを上げて泳ぎ出した。

「先生と出会ったのは、ついこの間だったのにね。人の縁って、不思議だなあ」

リケジョらしからぬ呟きに、春花は同意する。ついこの間まで他人だった陸人が、今ではかけがえのない存在となり、春花の傍《そば》にいる。縁は異なものと言うが、本当にそのとおりだと思う。

「あのさ……結婚式、楽しみにしてるよ」

「ありがとう、理子」

揺れる水面《みなも》に、窓からの光がきらきらと反射する。春花は今、すべての縁に感謝していた。


顔合わせのために陸人が予約したのは、東京駅近くのレストランだ。ビルの五階に位置する個室の窓から、ミッドビューホテル東京が見える。

梅雨《つゆ》入りしたはずの空も、今日は特別と言わんばかりに晴れ渡っている。外は気温も高く、夏を感じさせる陽気となった。

午前十一時。両家は挨拶《あいさつ》を交わすと、向かい合って席に着いた。春花の正面には陸人がいる。

「いや、本当によかった。この息子は何と申しますか、少し変わったところがございまして。誰とも結婚せず、一生独り身で過ごすのではと、ずっと心配しておりました」

「春花さんのような素敵な方と結婚できるなんて夢のよう。私達もようやく安心して余生を過ごすことができますわ。本当に、ありがとうございます」

陸人の両親は、テーブル越しに頭を下げた。春花の母も慌てて、より深く頭を下げる。

「いえ、そんな。陸人さんのような立派な方に嫁ぐことができて、娘こそ幸せ者です。こちらこそ感謝しております」

素敵な方、立派な方と褒《ほ》められた二人は、照れた表情で目を合わせた。身に余る言葉に恐縮するけれど、互いの親に気に入ってもらえるのはやはり嬉しい。

しばらく歓談するうち、飲み物と料理が運ばれてきた。和洋折衷《わようせっちゅう》の創作料理を囲み、会食は和《なご》やかに進む。

「それにしても、陸人が結婚するなんて未だに信じられない。なあ、お母さん」

「ええ、お父さん。この子は昔から、ちょっと変わってますから」

コースも終盤の頃、陸人の両親はしみじみと語り始めた。アルコールが回ってきたのか、二人とも頬が赤くなっている。

「春花さん、陸人が子どもの頃はですね……」

「父さん」

陸人は止めようとするが、春花は目をきらめかせた。両親にまで変人扱いされる彼が、一体どんな子どもだったのか興味がある。

「何だ、陸人。春花さんに言えないような過去があるのかね？」

「なっ……あるわけないでしょう」

「それなら、いいじゃないか」

「……好きにしてください」

陸人は諦めたのか、口直しのチーズを黙々と口に運んだ。拗《す》ねた態度は珍しく、春花の目には新鮮に映る。

「陸人は小さな頃から、海の生き物が大好きでした。私も妻も海が好きで、よく連れて行ったからでしょうか。磯《いそ》遊びをさせると、時を忘れて熱中する。それはもう、すごい集中力ですよ。暗くなっても帰ろうとしないので、無理やり岩から引っぺがすでしょう。そうすると、わんわん泣いて大暴れです」

「え、陸人さんが？」

春花が目を丸くすると、陸人は「もちろん、就学前の話だよ」と、注釈を加えた。すかさず取り繕う彼に、父母達はクスクスと笑う。

「ははは……でもね、春花さん。小学校に上がってからが本番です。海に出かけて、持ち帰った生き物を水槽に入れて飼うでしょう。陸人は、その生態を真似《まね》するんです」

「生き物の真似……」

何だか、聞き覚えのある行動だ。

「そうそう、ヒトデ、カニ、タコ、トビハゼと、とにかくいろんな生き物がいたわ。それらをじーっと観察して、動きを真似するの。一番びっくりしたのはマダコですよ。ある日突然、ぐにゃぐにゃのタコになり切って、お風呂場でのたうち回ってるんだもの。本気で心配して、救急車を呼ぶところだったわ」

両親は楽しそうに笑い、春花も母と一緒に肩を震わせる。この前、理子から聞いた話とそっくりだ。陸人は子どもの頃から、観察対象になり切っていたらしい。

陸人は少し不機嫌な様子だが、両親の話は紛れもない事実のようで、口を挟んでこない。

「だけど、それが息子のやり方であり、将来の道に繋がる研究だったんですねぇ」

春花は深く頷いた。陸人の仕事に対する情熱や独創的なアプローチは、すべて才能によるものだ。最初は少し怖かったけれど、今なら理解できる。

彼は変態ではなく、生まれながらの研究者だったのだ。

「失礼いたします」

店員が入室して、空いた皿を手際よく下げていく。代わりにコーヒーと洋菓子がテーブルに並べられる。チョコレートでコーティングされた、ハート型のプチケーキだ。

「わあ、可愛いですね」

「うむ」

陸人は指先で眼鏡の位置を直すと、春花に向けて微笑みを浮かべた。

「水族館も大好きで、よく通わされましたよ。特に、海獣《かいじゅう》コーナーには入りびたりだったな」

春花はケーキを味わいながら、水族館ではしゃぐ陸人を想像した。春花自身の父母との思い出が重なり、幸せな気分になる。

「いくつの頃だったかな。家でイルカを飼いたいと無理を言うものだから、ぬいぐるみを買ってあげたんです。そうしたら、『可愛い、可愛い』って、すごく喜びましてね。お前、毎晩抱っこして寝てたよな」

「ウッ」

ふいに話を振られたためか、陸人はケーキを喉に詰まらせた。コーヒーを飲んで事なきを得たが、春花を見るとなぜかさりげなく顔を逸らす。

(陸人さん？)

「身長と同じくらいの、大きなぬいぐるみだったわ。くっついてると、安心して眠れたのよね」

母親がからかうように言うと、陸人は大きなため息をついた。

「昔話はその辺にして、早くコーヒーを飲んでください。そろそろ時間です」

いつの間にか午後二時を回っていた。

「せっかちな子ねえ。時間制限なんて特にないでしょ」

「我々は忙しいのです」

顔合わせの後も予定がある。春花は今日、陸人のマンションに移り住むのだ。荷物を解いて、スムーズに生活が始められるよう整理しなくてはいけない。

「もっとお話ししたかったのに。融通が利《き》かないんだから」

「これ以上ネタにされたら敵《かな》いませんよ」

陸人が肩を竦めると、皆笑った。

両家初めての対面に、当初春花はとても緊張していた。でも、陸人の両親の大らかな人柄に触れ、今はホッとしている。隣の母も同じ心境だろう。

よかったね、春花――

声に出さずとも、その気持ちは伝わってきた。

最後に、陸人と春花は贈り物を交換する。それは父母の前で行う婚約の儀式である。

「ありがとう、陸人さん」

「ありがとう、春花。大事にするよ」

陸人からは婚約指輪が贈られ、春花からは腕時計を贈った。二人で宝飾店を訪れ、一緒に選んだものだ。

(きれい……)

薬指に輝くのは、透明な宝石《いし》。一粒のダイヤモンドがセットされたシンプルなデザインに、春花は一目惚れした。優美なアームがダイヤの美しさを際立たせている。

「おめでとう」

穏やかな眼差しに見守られ、二人は新しい道を歩き始める。陸人と家族になる喜びを、春花は今、強く感じている。恋とは別の意味を持つ、深い愛情が芽生えていた。

挙式予定日は十一月二十七日。でも、実質的な新婚生活は今日、六月五日からスタートする。

荷物の整理が終わる頃、窓の景色は夕焼け色に染まっていた。春花の部屋もすっかり片付き、陸人の様子を見に行こうとして、ふと立ち止まる。

「そうそう、忘れちゃいけない。大切な記念日だもんね」

エプロンのポケットからスマートフォンを取り出した。画面をタップしてカレンダーアプリを開き、今日の日付にハートの印を付ける。

「うふふ」

自然に顔がにやけてしまう。これからは毎日、陸人と一緒にいられるのだ。

夜遅くなっても、帰りの時間を気にしなくていい。このマンションで二人きり、ゆっくりと……

「どうかしたのか？」

「わっ」

突然背後から声をかけられ、その弾みでスマートフォンを取り落とした。陸人が拾うのを見て、春花は慌てふためく。

「ちょ……だめです。それはっ」

「ん？」

奪い返したけれど、もう遅い。彼はきらりと目を光らせている。

「なるほど。今日は記念日というわけだ」

ハートマークをしっかりチェックされたようだ。春花は否定せず、スマートフォンをポケットに仕舞う。

「独占記念日だな」

「……え？」

抱き寄せられ、腕の中に閉じ込められた。温かくて、ホッとする。でも、少しだけ怖いと感じる彼の力強さ。男の人の匂い。

「陸人さん……」

「どんなにこの日を待ったことか。ようやく君を、独り占めできる」

それは、春花も同じだった。この温《ぬく》もりが恋しくて、幾夜も身を焦《こ》がしていた。

「う……ん」

顎《あご》を支えられ、目を閉じると唇が下りてきた。優しく、味わうようにキスをする。舌が侵入し、口中を舐められると身体から力が抜けた。

「春花」

唇を解放すると、彼は左手で腰を支え、右手で尻の愛撫を始める。引越し作業のために穿《は》き替えたパンツは身体にフィットするタイプで、指先の動きがダイレクトに伝わってくる。

「陸人……さん」

密着する彼に首筋を吸われ、春花は身悶《みもだ》えた。窓辺のカーテンが揺れるのを、喘《あえ》ぎながら見つめる。ビルの谷間に夕陽が沈み、夜の帳《とばり》が下りようとしている。

やがて彼の指はエプロンの紐を解き、ポロシャツの裾を捲《まく》り上げると、背中に潜《もぐ》り込んだ。

「夕食もまだなのに……すまない。もう、止められない」

「私……も」

ブラのホックがうまく外れず、まどろっこしくなったのか彼はポロシャツとまとめて頭から脱がせた。露《あら》わになった胸を反射的に隠すけれど、彼に手首を掴まれ、逆に広げられてしまう。

「やっ」

「焦《じ》らさないで。素直になりなさい」

手首を解放すると、陸人は眼鏡を外して書棚の上に置いた。美麗な顔が目の前に近付き、春花は息が止まりそうになる。薄暗い部屋の中、彼の双眸《そうぼう》だけが妖《あや》しく光っている。

「全部、脱がせてやる。じっとして」

命令口調で囁《ささや》かれ、春花は抵抗するのをやめた。書棚にもたれると、自由になった手を後ろに回し、逆らわないという意思を示す。

「いい子だ」

春花のパンツに指をかけ、ジッパーを下ろしながら彼がにやりとする。ぞくぞくするほどいやらしく、それでいて魅惑的な微笑だった。

しゃがみ込んだ彼にパンツを脚から抜かれ、ショーツもするりと下げられた。彼は手際がいい。春花はたちまち全裸になり、その従順な姿を彼の前に晒《さら》した。

「君は、いつ見ても美しい」

「……」

返事もできないでいると、彼はサッと立ち上がり、ワイシャツもスラックスもぱっぱと脱いでいく。廊下から漏れる僅かな光が、逞《たくま》しい輪郭線を浮かび上がらせた。春花は頬を染め、彼の男らしさに魅了される。

ゴムを付け陸人は抱く準備を済ませると、書棚にもたれる春花に身体を重ねてきた。胸をやんわりと揉みながら、首筋にキスをしてくる。片方の手は背中に回り、宥《なだ》めるように撫でさすった。

巧みな愛撫に春花の身体は震え、内側から燃えてくるのを感じる。

「ここは、どうだ？」

耳元に囁きながら、彼は腿《もも》の間に指を忍ばせてくる。中指の関節を曲げ、柔らかい繁みの奥深くへ、甘い蜜《みつ》を求めて進む。春花はもう、ほとんど蕩《とろ》けていた。

「あ……ん」

中指はねっとりと蜜を絡めながら、谷間を往復する。突起に触れるたび愛液が腿《もも》を伝い、春花は腰をくねらせて指先から逃げようとした。だけど、彼は逃がさない。

「ほう、すごいことになってるぞ」

「だ、だって」

挿入された二本の指に、くちゅくちゅと弄《いじ》られる。陸人は春花の表情を確かめながら、いいところを刺激して、反応がよければもう一度快楽を与える。イキそうになって顔を見返すと、目が合った。獣《けもの》の瞳が、獲物が悶《もだ》える様を楽しんでいる。

荷物を整理したばかりの部屋で、春花は乱されている。こんな体勢で交わるなんて、誰に見られるわけでもないけれど、エッチすぎて恥ずかしい。何だか動物的で、いけないことをしているような気分になる。

それなのに、このシチュエーションに興奮してしまうのはなぜ？

「んっ、お願い、りくとさ……」

「どうした」

意地悪して、わざと惚《とぼ》けている。目一杯女の身体を燃えさせて、熱くなったところを攻めるつもりだ。そうすれば、一気にクライマックスに持っていける、と。

彼の目論見《もくろみ》どおり、焦《じ》らされた肉体は、ふつふつと滾《たぎ》ってきた。

「欲しいの……あなたが」

「私の、何が欲しい？」

「……陸人さんの、これを……」

彼の中心をそっと握る。それは鋼鉄の硬さだった。

「こら、悪い子だな」

「そんな。陸人さんだって、私の、触ってる」

「なるほど。だが、お返しは後でもらうよ」

ずるりと指が抜かれた。愛液が床に垂れるけれど、気にしていられない。立ったまま片脚を持ち上げられ、熟れているソコに杭を打ち込まれた。

「はっ……んんっ」

「いいよ、春花。少しつま先を立てて……そうだ」

書棚がガタガタと揺れる。陸人が奥まで入り、突き上げてきた。

突いて、突いて、壊れてしまえとばかりに攻めてくる。春花のナカはもう、ぐちゃぐちゃだった。

「ああっ、いい……もっと、あんっ、ああ……」

気持ちよくて堪《たま》らなくなり、淫らな声を上げる。陸人の攻撃は加速した。

「はしたないぞ、春花」

「だって……あっ、りくとさ……んっ」

もう片方の脚も持ち上げられ、身体が宙に浮く。春花は彼の首に腕を回し、しがみつく格好になった。初めての体位に戸惑いながら、この人は何て力持ちなんだろうと感動する。

「や……だめ……あっ、ああん」

春花が仰《の》け反《ぞ》ると、陸人はしっかりと抱え直し、耳たぶに口付ける。汗まみれの身体を密着させて、そして何度か突き上げ、彼は思い切り春花のナカへ想いを放出した。

「ふうっ……なかなかこれは、ハードだな」

しばし余韻に浸《ひた》った後、二人は繋がったまま移動し、今度は陸人が壁にもたれた。

息が整うまで、春花は彼に抱っこされて、男性の温《ぬく》もりを味わう。力強い腕に抱かれ、甘える春花はか弱い女だった。愛され、保護される悦《よろこ》びを感じている。

身体の興奮が落ち着くと、陸人は繋がりを解いた。春花に背を向け、ゴムの処理を始める。

情熱的なセックスだった。春花のナカで、まだ残り火が燃えている。もう一度とねだりたいけれど、彼に負担をかけてはいけない。下着を拾いかけたのだが――

「よし、次は場所を変えよう。第二回戦だ」

「ええっ？」

目を丸くする春花を、彼は楽々と抱き上げる。全裸のまま、部屋を連れ出された。

「陸人さん。やっぱり、普通にしませんか？」

「だめだ。このままでイク」

「……そんなあ」

寝室のベッドで春花は四つん這いになり、背後で膝立ちする陸人に尻を向けている。こんな格好をするのは初めてで、恥ずかしかった。でも、彼が望むならと、挑戦してみたのだ。

「いいね。想像以上にそそられるよ」

ということは、このポーズを想像したことがあるのだ。言葉の裏を読み、頬が熱くなった。

「春花、これは一つの提案だが。今後、さらにいろんな体位を試してみないか」

「ど、どうしてですか？」

「幸い、人間は交尾のスタイルにバリエーションがある。感じる体位を開発すれば、より気持ちよく、濃密な時間を過ごすことができるぞ」

「う……」

この理系男子は、大真面目に何を言い出すのか。それに、交尾だなんて。

「まるで野生動物です」

春花は首を後ろにねじり、ちょっと睨《にら》んでしまった。すると、彼はふむと頷く。何の合図と受け取ったのか、春花の腰を引き寄せ、扉に彼自身をあてがってきた。

「きゃっ？」

春花は尻を突き出したポーズになり、羞恥《しゅうち》のあまり赤面する。

「やっ、何を……あん！」

陸人は先端で扉の周囲に潤滑油を塗りたくった。ぬるぬるとした感触がいやらしい。それに、彼の前にひれ伏し好きなように弄《いじ》られるこの状況は、ますます動物的だ。

だけど、なぜか逆らえない。それどころか先端が扉を押し開き、ナカに入るのをあっさりと許していた。

「あっ……や、あああっ」

奥まで到達すると、彼は背後から腕を回して春花の胸を揉んだ。ゴムボールの弾力を楽しむかのように、手のひらをゆっくりと動かす。

硬く尖った実を指で摘《つま》まれ、春花はみだらな声を上げる。

「感じるのか……」

陸人を咥《くわ》えた筒がきゅっと締まる。愛撫の刺激が下半身へと作用したのだ。

「だめ、陸人さんっ……あ」

「すごく濡れてる。君の身体は後ろからされるのが好きなようだ」

「そんな、ちが、うっ」

彼の指先は下に移り、春花の敏感なところを弄《いじ》り始める。突起を撫でたり、膨《ふく》らんだ谷間に潜《もぐ》ったり、やりたい放題だ。

だけど春花は逃げず、快楽に身を任せている。

「陸人さ……あ、気持ちい……」

「きれいだよ、春花」

陸人は愛撫を止めると、腰を前後に動かしてきた。スローテンポだけれど、擦れる部分がいい具合で、春花はイッてしまいそうになる。正常位では得たことのない快感だった。

「後ろからと言えば、海の生き物ではウミガメがそうだな」

「……ウ、ウミガメ？」

「ああ。彼らはじっくりと愛し合う。メスの上にオスが乗り、長時間繋がるのだ。その間、オスは自由を制限されるため、食事もままならない。それでも五日、六日と続く場合がざらにあるのだよ」

「……んんっ、あ……」

春花に悦《よろこ》びを与えながら、彼が講義を始めた。興奮を抑え、クールを装っているのが口調に表れている。

「ちなみに、ウミガメのメスはオスより大きい。オスはメスの甲羅《こうら》にしっかりと掴まり、確実に挿入するのだ。こんなふうに」

「はあっ……あっ」

春花の腰を掴み、自身をグッと押し出してくる。この支配的な体勢そのものがエロティックで、奇妙な興奮を覚えてしまう。

「ん？　ますます濡れているようだが。何か妄想したのか」

「ううっ、もう……やめてえ」

生理的反応で、すべて見透かされてしまう。恥ずかしいのに、止めることもできない。

「陸人さん、意地悪です」

「そうだな。今日はとてもサディスティックな気分だ。なぜなら君が……」

「……？」

陸人はどうしてか黙り込み、そして春花のナカで自らの存在を強く主張し始める。これまでよりも、ずっと硬くて熱い。

「んっ、陸人……さん」

「君が悪いんだぞ」

「は、はい？」

「分からないか？」

陸人は再び腰を動かし始める。気持ちよくて堪《たま》らず、春花は喘《あえ》ぎながら首を左右に振った。

「汗まみれになって、乱れる姿がいやらしい。君は、私を誘惑するのが実に上手い」

「そ、そんな……」

低くて、甘くて、色っぽい——

春花を愛しながら、彼はそう、男性の声で責めてくる。陸人のほうこそ、巧みに誘惑していた。

「いけない子だよ、君は」

「違……だって私、そんなつもりじゃ」

抜き差しされる棒はいよいよ硬く、強烈な刺激を与えてくる。春花はもっと欲しくなり、無意識に尻を持ち上げていた。

「ほら、こんなふうに」

尻を撫でられ、言い訳もできない。春花は目尻に涙を浮かべ、羞恥《しゅうち》と快楽に耐えた。

「こんなに大切な女性はいない。それなのに、もっと責めて困らせて、可愛がってやりたくなる。淫らな君を抱きたくて、理性が吹っ飛んでしまうのだ。この、私が……」

「陸人さん……」

彼の告白に、身も心も感動している。だけど、どう応えればいいのか分からず、切れ切れの声を漏らした。

「ごめ……なさい。だって……でも、私……」

大きなため息が聞こえた。春花は腰を強く引き付けられ、下半身の自由がまったく利《き》かなくなる。

「覚悟しなさい。手加減無しで君を愛する」

「え、ええっ、どうして……あんっ」

卑猥《ひわい》な音を響かせ、陸人があり得ない攻撃をしかけてきた。大きく揺らされながら、ウミガメの話を思い出す。こんな激しいことを長時間続けられたら、壊れてしまう。

「だめ、あ……壊れちゃ……うっ……」

「安心しろ。私はカメではない」

「は、はぁん」

ピローに顔を埋め、半泣きで返事をする。でも、それは悦《よろこ》びの涙だと春花は分かっている。今まさに、新たな快楽を身体に教え込まれていた。

「や、やんっ、ああ……！」

陸人は夢中で突いているのか、もう何も喋《しゃべ》らず、その余裕もないようだった。春花はどうしてか、自分が彼を翻弄《ほんろう》し、奉仕させているかのような錯覚に陥《おちい》る。

（ウミガメのメスも、こんな気持ちなのかな）

ふとそんな想像をした。カメの心情を自分と重ねるなんて、陸人に似てきたのかも。そう考えて可笑《おか》しくなるけれど、笑えない。彼はいよいよ本気になって、情熱をぶつけてきた。

「う、ああっ、りくと……さん、あっだめえっ……」

動きが止まり、どくんどくんと愛が注がれる。彼の熱い素肌が背中を覆った。荒い呼吸を全身で受け止めながら、春花の心は幸せで満たされていく。

野生動物に倣《なら》い、人としての悦楽を追求するなんて、陸人らしい交わり方だと春花は思う。理性を忘れて愛してくれる、この人にまっすぐ応えたい。

もっと、もっと、愛するために。

後ろから抱きしめ頬ずりしてくる彼に、提案への返事——女としての望みを打ち明けた。

「いろんな体位、試してみたいです」

「やはり君は、素晴らしい」

スイートホームは実験室。ドキドキする春花の胸に、そんなフレーズが浮かんだ。

思うさま抱き合った後、二人は空腹を覚えた。時計の針は、午後八時を回っている。

引越し作業が済んだら食事に出かけるつもりだったのに、気が付けば食欲そっちのけで、互いを貪《むさぼ》っていた。

ベッドの上で、春花は陸人の腕まくらに甘えている。

「夢中になってしまったな。ふふ……」

乱れた前髪をかき上げながら、彼が呟く。その仕草が妙に色っぽくて、春花は照れてしまう。

「シャワーを浴びて、出かけようか。何が食べたい？」

「あの、陸人さん。もしよかったら」

せっかく二人きりなのに、外に出るのは勿体《もったい》ない気がする。優しく訊《たず》ねる彼に、一つ思い付いたことを言った。

春花はキッチンに入ると、料理に取りかかった。冷蔵庫には数日分の食材が入っている。明日の朝食を下ごしらえしつつ、手際よく調理していく。

リビングで待っていてとお願いするのだが、陸人はたびたび顔を出した。茶碗や皿を用意しながら、春花のエプロン姿を嬉しそうに眺めている。

「ほう、美味《うま》そうだな。これは何という料理だ？」

「ええと……鯵《あじ》の塩焼きと、野菜の中華風炒めと、茶わん蒸し。あとは、豆腐とわかめのお味噌汁ですよ？」

感心されるほど、凝《こ》った料理ではない。残業で遅く帰る母のために、いつも用意していた定番メニューだ。作り慣れているので、ささっと調理できる。

「ご飯もあと二分で炊き上がります。ふふっ……お客様、もうしばらくお待ちくださいね」

おどけて言うと、陸人は腕を伸ばして春花を抱き寄せた。

「あ、あの？」

「ありがとう、私のために」

食事を作っただけなのに、陸人はいたく感激している。ずっと一人暮らしで、家庭の味に飢えているのだろうか。

「そんな。ご飯くらい、いくらでも作りますよ？」

「春花……」

そっと身体が離され、彼が見つめてくる。唇が重なり、それが深い口付けになる頃、軽やかなメロディーが鳴り響いた。

「……炊き上がったみたいです」

「そのようだな」

笑みを交わして、二人は食卓の用意をする。席に着くと、いただきますと挨拶《あいさつ》した。

陸人は「美味い、美味い」と言って、たくさん食べてくれる。大きめの茶碗におかわりをよそいながら、春花は幸せを噛みしめた。

（明日も明後日も、これから先もずっと、陸人さんと暮らせるんだ）

結婚式も入籍もまだだけど、ここはスイートホーム。希望に溢《あふ》れる新婚生活がスタートした。

大学の先生は忙しい。陸人と寝食をともにし、春花は初めて実態を知ることができた。彼が言うには、忙しさには波があり、今は中くらいの時期とのこと。

「講義やゼミ、会議、学会、出張、論文書きに、学生の研究指導……確かに仕事は多いな。しかし、私は自分の大切な時間は確保している。なかなか要領のいいほうだと自負しているよ」

ノートパソコンを開き、すごい速さでキーを打ちながら陸人は言う。毎朝のことだけど、一体何を入力しているのか——春花には謎だった。

ハムエッグをテーブルに運び、コーヒーをカップに注いでいると、タイミングよくパンが焼ける。

「自分の大切な時間……ですか？」

「うむ」

研究の時間だろうかと、春花は推測した。陸人はパソコンを閉じて脇に寄せると、意味ありげな笑みを浮かべる。

「もちろん、君との時間だよ」

「あ……」

パンに苺《いちご》ジャムを厚く塗り、もぐもぐと食べている。陸人は朝から食欲旺盛だ。いや、彼は朝から晩までエネルギッシュで、活動的で、愛情豊かな人だった。

「そ、そうですね。連休中も、たくさんデートしてくれましたね」

「いや、まだまだ物足りなかった。だから、早く一緒に暮らしたいと、そればかり考えていたよ」

愛情豊かで、表現はストレート。同居を始めてからは特に、彼は春花への想いをたくさん口にするようになった。

(これから出勤なのに、困っちゃうな)

春花は気を引き締めるため、コーヒーをブラックで飲んだ。寝不足の頭も、これで少しはしゃきっとするだろう。

(君との時間……か)

君を抱く時間と言い換えてもいいと春花は思う。エネルギッシュな陸人は毎晩スキンシップを欠かさない。いくら仕事が忙しくても、愛し合う時間は確保しているのだ。

体力に自信のある春花だが、タフな彼にはとうてい敵《かな》わない。十も年上なのに、すごいスタミナだ。というより、こんなにエッチが好きだったのかと驚いている。

「どうした、そんなに見つめて」

「えっ？　いえ、そんな、見つめているわけでは……」

考えを見透かされたのではと、春花は焦った。陸人は「ふむ」と言って再びノートパソコンを開き、何やら入力を始めた。視線はこちらに向けて、春花を観察している。

「陸人さん？」

「ふふ……やはり君は素晴らしい」

眼鏡の奥で、妖《あや》しく目を光らせた。同居して十日目の朝、春花は初めてピンと閃《ひらめ》く。彼が入力しているのは、もしかして……

「わっ、私に関することですか？」

彼は返事の代わりに、にんまりと笑う。爽《さわ》やかな朝の食卓にそぐわない、色気満載の顔だった。蜜月《みつげつ》の甘い生活に夢中で、すっかり忘れていた。ここはスイートホームであると同時に、実験室でもある。陸人は春花を観察し、実験し、毎朝データを打ち込んでいるのだ。

「待ってください。一体、どんなことを入力して……」

春花は席を立ち、テーブルを回り込もうとした。しかし、ノートパソコンはぱたんと閉じられてしまう。

「うっ……そんなあ」

「実験内容は秘密だよ。前にも言っただろう？」

クールに対応されて、春花は為すすべもなく席に戻る。何だかとても恥ずかしく、いたたまれず、追及することもできない。

でも、何となく想像がつくのだった。実験というのは、ひょっとして……

（エ、エッチそのもの……だったりして？）

見合いをしたあの夜、陸人は春花に『理想的な身体をしている』と、とんでもない発言をした。そして、春花のことを観察し、実験したいと願望を告白している。

（つまり、私の身体に何らかの実験を施《ほどこ》し、データを集めて、分析したり、レポートを作成したり

している？　あのノートパソコンで、毎朝欠かさず）

以前提案された、体位の開発もテーマの一つかもしれない。春花は耳まで赤くなった。

「心配しなくてもいい。これは、私だけの秘密の実験だからね」

「う……」

陸人の笑顔は、どこかスケベっぽい。推測が当たっている気がして、身体中が熱くなる。彼は春花に惹《ひ》かれる理由を、春花の肉体で解明しようとしているのか。何て即物的で、みだらな行為だろう。

（これって、水槽に放り込まれるより、ある意味きつい……でも）

あの夜、陸人はこうも言った。

――君のすべてを、心から求めているのだ。

つまり、春花を求めるゆえの行為である。変態っぽくても、これが理系男子の愛情表現なのだ、きっと。

（深く考えるのはやめよう。それに、実験内容がエッチだけと決まったわけじゃない……たぶん）

「後片付けは私がしておく。君は出勤の準備をしなさい」

「あ、ありがとう」

家を出るのは春花のほうが十五分早い。食事作りは春花担当だが、陸人は洗濯や洗い物を手伝ってくれていた。

（実験くらい、まあ……いっか）

優しい旦那様にハグされて、春花はすべてを許した。この温《ぬく》もりに比べたら、何もかもが些細《ささい》な問題である。

　彼を信じる気持ちは、揺るがなかった。


「よお、八尋。今日も肌の色艶《いろつや》がいいねえ。羨《うらや》ましいなあ」

「神林さん、セクハラで訴えますよ」

　毎度からかってくる先輩に、春花は真顔で返した。最初は笑って聞き流していたが、いいかげん辟易《へきえき》している。

「ははは、悪い悪い。勘弁してくれ」

　昼下がりの営業部オフィスは、皆出払った後なのでシンとしている。春花もこれから外回りだが、神林は余裕があるらしい。

「しかし、どうせ秋には結婚するんだろ。同居するなら籍を入れちまえばいいのに」

　春花は製品カタログをバッグに詰めると、車のキーを手に立ち上がった。

「でも普通は、式を挙げてから入籍するのでは？」

「いや、今時は何でもありだぜ。婚姻届けを出して、各種変更手続きを早めに済ませるカップルも多いしね。というか、キミ達は既に同居してるし、新婚旅行も前倒しだろ。順序に拘《こだわ》ることないじゃん」

「あ……まあ、そうですよね」

　春花はなぜか、式を挙げてから入籍するものと思い込んでいた。だけど、神林の言うとおり、籍を入れるタイミングに拘るのは、無意味な気がする。

でも、陸人もその辺りは春花と同じ感覚なのか、特に何も言わない。

「お前の彼氏、独占欲が強そうなのに。愛する女を傍《そば》に置けば、満足するタイプなのか？」

「さ……さあ」

そんなこと、今まで気にしなかった。春花はちょっと変な気持ちになる。

「あ、そろそろ時間なので行ってきます」

「おう、気を付けてな……あれっ？」

神林が春花の背後に首を伸ばした。振り向くと、入り口のところに人影がある。

「おい、あいつらだよ。お前のファン！」

「えっ？」

ファンというのは、春花に誕生日プレゼントをくれた女子二人組だ。神林は顔を知っているが、春花は会ったことがない。所属する部署も名前も知らずにいる。

「あの子達がそうなんですか？」

「そうだよ。おい、何コソコソしてるんだ。こっちに来い！」

神林が乱暴に呼ぶので、春花はぎょっとする。しかし彼女達は物怖《ものお》じせず、ぺこりとお辞儀をしてから、営業部フロアに入って来た。

ぱたぱたと軽快な足音をさせて、春花に近付いて来る。

「初めまして、八尋センパイ。私、総務課の吉原《よしわら》といいますぅ」

「同じく総務課の有田《ありた》といいます。よろしくお願いしまーす！」

二人は頬を上気させている。どちらも入社して一、二年くらいの若い女性だ。

（この二人が、私の……ファン）

明るく賑《にぎ》やかなこのノリは、中学時代に春花を取り巻いていた女の子達と同じである。

「えっと、初めまして。あの、誕生日プレゼントをありがとうね。とても嬉しかった」

春花が礼を言うと二人は顔を見合わせ、きゃっきゃと喜んでいる。久しぶりに触れるミーハーな空気がくすぐったい。

「それで、今日はどうしたんだ？　用がないなら帰れよ。八尋はこう見えて忙しいんだ」

こう見えては余分である。しかし、神林が仕切ってくれるのはありがたかった。

「このフロアに用事があって、たまたま通りかかったんです」

「お仕事のじゃまになるから、こっそり覗くだけのつもりでした。すみませんっ」

なるほどと、春花は納得する。彼女達が姿を見せないのは、春花の仕事をじゃましないためだった。ファンとしてのマナーだったのだ。

「そうか。なら、今回はここまでだな」

神林が追い出そうとするが、春花は止める。もう少し、彼女達と話してみたかった。

「総務課って一階だよね。戻るなら一緒に行こうか」

「いいんですか？」

春花の申し出に、吉原と有田は顔を輝かせる。苦笑する神林に挨拶《あいさつ》してから、三人でオフィスを出た。

「カンゲキですっ、八尋センパイとご一緒できるなんて」

エレベーターに乗り込むと、彼女達はきらきらした目で春花を見上げてくる。二人とも小柄なので、何だか崇《あが》められる気分になってきた。

「でも、もうすぐご結婚されるんですよね」

「どうしてそれを？」

吉原の唐突な質問に、春花はたじろぐ。この子達は、どこまで個人情報に通じているのか。

（そういえば、ゴールデンウィーク中も陸人さんとのデートを目撃されてたっけ）

あの時も驚いた。偶然とはいえ、ちょっと怖いくらいの取材力だ。

「営業部の人が話してるの、聞いたんです」

「……あ、なるほど」

食堂や休憩スペース、あらゆる場所に情報は落ちている。内緒にするわけではないが、広まっているかと思うとちょっと恥ずかしい。

エレベーターが一階に到着し、三人はホールに降りた。

「お仕事は続けられるんですよね？」

「うん」

「よかった！　で、苗字は変わりますか？」

「苗字？」

総務課に続く廊下の角で、立ち止まった。通用口はこの先にある。

「そうだね、入籍したら変えようと思っているよ」

結婚後、旧姓を使う女性社員もいるが、春花は新姓で働くつもりだ。

「そっかあ。苗字が変わると寂しいですね。何だか、旦那様のものになっちゃう、みたいな」

「……え」

総務課オフィスから男性社員が出て来た。吉原は「やばっ」と言って有田に合図する。どうやら、彼女達の上司のようだ。

「お引き止めして、すみませんでした。結婚されても、私達はずっとセンパイのファンですので、よろしくお願いします」

「それでは、失礼しまーす」

ぱたぱたと立ち去る背中を見送り、春花も通用口へ向かう。

駐車場まで歩き、社用車に乗り込んでも、すぐに出発せずシートにもたれていた。

(いろんな感じ方があるんだなあ)

入籍のこと、苗字のこと。これまでと違った角度から、あらためて『結婚』を見つめた。


その日の夜、陸人が珍しく早く帰って来た。

春花は急いで夕飯の準備をする。さっぱりとした和食メニューが並ぶ食卓で、彼と向かい合った。

「おお、美味《うま》そうなカツオだな」

「ショッピングセンターに寄ったら、ちょうどタイムセールしてたんです」

細かく刻んだ葱《ねぎ》とにんにくをトッピングして、ポン酢しょうゆをかける。魚料理が好きな陸人はもりもり食べて、ご機嫌だった。

「あのう、陸人さん」

「うん？」

やっぱり何となく気になり、春花は入籍について訊《き》いてみた。

「ああ、入籍は式を挙げてからと思ってるよ」

「そうですよね。私もそのつもりだったけど、今時は違うみたいで」

陸人はグラスを置くと、正面から春花を見つめる。お酒のせいか、少し熱っぽいような目つきだ。

「君はどうしたい？　早く更科春花になりたいと思う？」

「え、ええと」

正直なところ、何も考えていなかった。今は、彼と暮らせるだけで幸せいっぱいで満たされているから、そこまで思い至らなかったのだ。

「私は、特に拘《こだわ》っていません。結婚式の後でもいいかなと」

陸人はフッと、微笑む。気のせいか、春花には安心した表情にも取れた。

「そうだな。八尋春花でいられるのは、あと僅かの間だ。大切な名前を、慌てて手放すことはない」

「は、はい」

春花はドキッとした。さっきまでの、熱っぽい目つきとはまた違う。まるで、小さな子どもを見守るような、温かな眼差しで春花を包んでいる。

（陸人さんって、時々お父さんみたい）

父親という存在をよく知らない春花だけれど、おそらくこんな感じではと想像する。彼に言えば、オジサン扱いするなと、怒るかもしれないが。

「それはそうと、旅行まであと一週間だぞ」

「あ、ほんとですね」

壁のカレンダーを見て、春花は明るく笑った。モルディブ旅行が目の前に迫っている。

「いよいよですね。楽しみ！」

「ふふ……ところで春花、知っているか。モルディブはカツオ漁が盛んなのだぞ。日本のカツオ節はモルディブが起源という説もある」

「ええっ、意外ですね。知りませんでした」

それからは旅行の話題で盛り上がり、入籍も苗字も、春花の頭からほとんど消えてしまった。


スイートホーム兼実験室での、甘い生活は続く。春花は夜毎、陸人に抱かれていた。

疲れている時はソフトに、元気があればハードに、彼は春花の状態を見極め攻めてくる。どこを愛撫すると感じるのか、切なげに啼《な》くのか、燃えるのか……いまや陸人は、春花の身体を知り尽くしているのだろう。

ベッドでは、彼は眼鏡を外す。野性の光を湛《たた》えるあの双眸《そうぼう》に、春花は鋭く観察されていた。

『好きだよ、春花』

愛の言葉を囁《ささや》かれ、その間、弱い部分を好きなように弄《いじ》られる。関節が太く男らしい指を、焦《じ》らしながらナカに挿《い》れる。意地悪なやり方で愛液を誘う、彼のいやらしさ。

もしかしたら、これが例の実験かもしれない。だけど、春花は抗議も抵抗もできず、気が付けば最奥まで彼を受け入れ、揺らされていた。

この身体は陸人のものだと、強引に思い知らされる。でも、それが悦《よろこ》びなのだから仕方ない。濡れそぼる身体は、正直だった。

交わりの後、彼はゆったりと春花を包み、深い眠りに導く。

それは、至福のひと時。

大きくて逞《たくま》しい彼に抱かれると、たとえようもなく安心できる。そして、自分が華奢《きゃしゃ》な女になった気がするのだ。長身も、広い肩幅もどうってことない。コンプレックスもトラウマもすべて消え去り、大海原《おおうなばら》を泳ぐように自由な気分になれる。

(可愛いお嫁さんになりたい――。その夢が、叶ったのかな)

温かな胸に甘えると、髪を優しく撫でてくれる。心地よい疲れと安堵の中、春花は眠りにつくのだった。


「幸せすぎて、怖い」

ショッピングセンターで買い物しながら、春花は独り言を呟いた。

陸人に愛されている。言葉だけでなく、身体で実感する日々が心を蕩《とろ》けさせていた。幸せが膨《ふく》らみすぎて、何かの拍子に破裂してしまうのでは？　と、バカな不安を抱いてしまうほどに。

（明日から婚前旅行……というか、新婚旅行だし。ほんと、幸せすぎてどうしよう）

買い物袋を肩にかけ、出口へ向かう。今夜は陸人も早帰りなので、急いで夕飯の準備をしなくては。春花は腕時計を確かめると、小走りした。

「八尋さん」

「え？」

ショッピングセンターを出たところで、呼び止められた。夕方の通りは人も車も賑《にぎ》やかで、小さな声など聞き逃してしまう。

だけど、春花の耳は敏感に反応し、身体ごとゆっくりと振り返った。

「こんにちは、お久しぶりです」

「あ……」

きれいに巻いた髪をふわりとさせて、美月は駆け寄って来た。相変わらず、砂糖菓子のように甘くて可愛らしい雰囲気。花柄のワンピースを上品に着こなして、お嬢様の風情《ふぜい》だ。

「私、大学の帰りなんですよ。たまたま、この近くに用事があったから……」

声のトーンが高く、どこか不自然に聞こえる。

「八尋さんは、お買い物ですか？」

「あ、うん」

どうして、この娘に何度も遭遇するのだろう。しかも、楽しい旅行の前日に……春花のテンションはみるみる下がっていく。

「あの……更科先生のご自宅って、この近くですよね」

上目遣いで、覗き込んでくる。

「八尋さんと一緒に暮らしていると、ゼミの学生が噂してました。秋には、ご結婚の予定だとか？」

春花はこくりと頷いた。隠したって隠し切れないし、嘘をつく必要もない。

「やっぱり。でも、どうしてかなあ……」

「え……？」

ため息とともに吐き出された彼女の言葉は、意味深だった。

「どうしてって、どういうこと？」

「いえ別に、こっちの話です。それより、もうばれてますよね。私が、更科先生を好きだってこと」

強くまっすぐな視線が、春花を挑発している。

春花は怯《ひる》みながらも、美月を刺激しないようにと自分に言い聞かせた。彼女はこれまでの人生、きっと何度も恋をして、何度も修羅場《しゅらば》を潜《くぐ》り抜けているのだろう。そして勝利を収めてきたはずだ。

経験値の違う相手とまともにやり合っては大怪我をする。

反応がないためか、美月は面白くなさそうだ。でも春花は挑発に乗るつもりはない。

「更科先生は、明日から六日間お休みするそうです。ひょっとして、旅行に出かけるとか？」

次の一手を打たれ、春花は仕方なく「ええ」と短く答える。詳細は話したくない。

だが美月は引かなかった。

「モルディブですか？」

「なっ」

反射的に声が出てしまった。面白そうに笑う彼女を見て、鎌《かま》をかけられたのだと気付く。

「この前、先生が『魚類の生理生態・インド洋編』っていう本を読んでいました。だから、インド洋周辺にある人気のリゾート地をテキトーに言ってみたんです」

それだけのヒントで旅行先を当てるとは、ある意味すごい。春花は妙に感心してしまった。

「いいですよねー、南の島で二人きり。でも、知ってます？　モルディブって、離婚率が高いことで有名な国なんですよ？」

「そうなの？」

ついまともに反応してしまった。手応えありと見たのか、美月はにやりとする。

「はい、結構有名な話です。先生も知ってるんじゃないかな」

縁起でもないことを言われ、さすがに不愉快だった。しかし、ここで怒ってしまえば相手の思うつぼ。春花は感情が高ぶってくるのをグッと堪《こら》えた。

「あ、でも気にすることないか。だって、八尋さんってまだ八尋さんですよね？　入籍がまだなら、離婚のしようがないもの」

美月の挑発は止まらない。先生の相手が春花であることに、いまだ納得できないらしい。そんな人をまともに相手にするのはごめんだ。春花はもう、これ以上踏み込まれたくなかった。

「美月さん。悪いけど私、そろそろ帰らなきゃ」

「……そうですか」

美月はまだ言い足りなそうに、唇を噛んでいる。もしかしたら彼女は、春花を待ち伏せしていたのかもしれない。ひょっとしたら、もう何日も前から張り込んで……

(可愛くて上品で、お嬢様みたいな外見なのに)

得体の知れない怖さを感じた。推測どおりなら、その行動はほとんどストーカーである。

とにかく、もう関わりたくない。春花はマンションの方角へ足を向けた。呼び止められるのを恐れて、速足で歩き出す。

「待ってください。私、やっぱり納得できません！　だって、あなたは……」

ヒステリックな声は、街のざわめきが消してくれた。春花は後ろを振り向かず、必死で逃げた。

マンションの部屋に入り、ホッと息をつく。まさかここまでは付いて来ないだろう。

乱れた息と心が整うのを待ち、夕飯作りに取りかかった。

――私、やっぱり納得できません！　だって、あなたは……

彼女は何を言おうとしたのか。

夕飯を作ってしまうと、心がまたざわめき始めた。

(このこと、陸人さんに報告したほうがいいよね。美月さんって、ちょっと怖いような)

彼女を前にするとコンプレックスが刺激されて、トラウマが蘇《よみがえ》りそうになる。その上あんなふうに責められたら、どう対応すればいいのか分からない。

だけど陸人にとって美月は、勉強熱心な学生の一人なのだ。彼女達のために特別講座を開き、理系女子が増えたと喜んでいる彼に、こんなことはちょっと言いにくい。

キッチンの椅子に座り、悶々《もんもん》と考え込んでしまった。

インターホンが鳴ったのは、窓の外が暗くなってからのこと。春花は弾かれたように椅子を立ち、玄関まで走る。ドアを開けると、陸人の笑顔があった。

「ただいま」

「お帰りなさい！」

「さあ、いよいよ明日からパラダイスだぞ。眩《まぶ》しい太陽、青い空、白い砂浜、そして美しいラグーン。早くあの世界を君に見せたい。春花、目一杯楽しもうな」

クールな彼が、今日は子どものようにウキウキしている。気が付けば、こちらまで笑顔になっていた。

春花はさっきまでのもやもやが、たちまち晴れていくのを感じた。

（やっぱり、陸人さんは魔法使いだ。笑顔一つで、私の迷いも不安も吹き飛ばしてしまう）

「ん、どうかしたのか？」

「ううん。ご飯できてますよ、食べましょう！」

美月が何を言おうと関係ない。陸人を信じればいい。

夕方の出来事は、自分の中で処理することにした。何かの拍子に幸せが破裂しそうだなんて、怖がるのは無意味なのだ。

青く透明な海と空が、どこまでも続いている。ここは、初めて訪れる南の国、モルディブ共和国。南北に広がる海域に、二十六の環礁《かんしょう》と千を超える島々が点在している。

首都マレの空港から、水上飛行機でおよそ二十五分。二人が滞在するリゾートは、アリ環礁の南に位置する小さな島にあった。

「陸人さん、見えてきましたよ」

「ああ、ようやく目的地に到着だ」

春花は窓に額《ひたい》を付けて、眼下に現れた景色を覗く。島は想像していたよりも砂浜が広い。ヤシの木が森のように、こんもりと茂っている。

ヨーロッパのリゾート会社が手がける優美なホテルは、白壁の本棟と、栈橋《さんばし》で繋がる水上ヴィラから構成されている。本棟には複数のレストランやバー、スパを始めとするリラクゼーション施設を備え、利用客をゆったりともてなす。水上ヴィラは部屋ごとに独立した造りのため、プライベートを楽しみ、のんびりと過ごすことが可能だ。

周囲の珊瑚礁《さんごしょう》を含め、島そのものがホテルの敷地であり、一つのリゾート空間だった。

「水上ヴィラに泊まるんですよね。わくわくします！」

「そうだな。ほら、着水するからきちんと座って」

飛行機は水しぶきを上げて海面に接し、栈橋へと翼を寄せる。同乗したイタリア人の客が、派手な歓声を上げた。

春花は陸人に手を取られ、エアタクシーから降り立つ。帽子を押さえながら周囲を見回すと、白い砂浜が目に飛び込んできた。

眩《まぶ》しさのあまりくらくらしてしまい、よろけた身体を陸人に支えられる。

「疲れただろう。早くチェックインして、部屋でゆっくり休もう」

「は、はい」

旅は始まったばかりなのに、倒れそうなほど興奮している。これから五日間。愛する彼と二人きり、天国のようなこの島で過ごすことができるのだ。

陸人の低い囁《ささや》きが、さらに春花を刺激していた。

チェックインを済ませると、水上ヴィラへ案内される。ホテルには日本人スタッフも常駐しているが、陸人は英語が堪能なため言葉で困ることはなかった。

「わあ……」

部屋に入ると、春花は感動の声を上げた。開け放された窓の向こうは、果てしない海。デッキに出てみて、さらに驚く。

「陸人さん、プールがあります。ハウスリーフにも下りられますよ」

「ああ。気軽にシュノーケリングを楽しめるぞ。泳いだ後は、海を眺めながらバスタブに浸かるのもよし。デッキで食事してもいいな。心ゆくまでリラックスできそうだ」

メインルームには、天蓋付きの広いベッドが一台、置かれている。ベッドの上には赤とピンクの花びらでハートマークが描かれ、カップル仕様なのが少し照れくさい。

ドレッサーやチェストなどの家具は、南国らしい木の風合いを生かしたデザインでまとまっている。ウキウキしながら、あちこち見て回った。

スタッフが去ると、春花は陸人と目を合わせ、どちらからともなく近付いた。見つめ合う瞳は、興奮と喜びに揺れている。

「やっと、二人きりになれた」

「はい」

陸人の腕が腰に回り、グイと抱き寄せられる。唇が重なり、互いを求める音を鳴らした。しっとりと濡れる舌を舐め合い、深く貪《むさぼ》っていく。

「あ……りくと……さ」

そっとキスを解かれ、春花は目を閉じたまま彼のシャツにもたれた。微《かす》かな汗と潮《しお》の香りがまざり合い、官能を刺激する。

「君にはまず、休憩が必要だ。疲れが取れたら島を散策してもいいし、プールで軽く泳いでもいい。腹が空いたところで、レストランで夕食だな。戻ったら海を望むバスタブでリラックスして……それからでも遅くはないぞ。まだ旅は、始まったばかりだからね」

「うん」

確かに、疲れているようだ。日本からモルディブまで、およそ十時間のフライト。飛行機の中ではほとんど眠れなかった。昂《たか》ぶりながらも、身体は睡眠を欲している。

「シャワーを浴びて、ひと眠りしなさい。私の傍《そば》で……」

春花は素直に頷くと、もう一度だけキスをねだった。

三時間ほど眠った後、二人はカジュアルな服装に着替えてから島を散策した。ヤシの木に、赤や黄色の花々。葉陰の向こうには青い空と海。どこを見ても楽園の世界である。

島の内側から浜に移動する頃、水平線に太陽が沈もうとしていた。春花はロマンティックな気分に浸《ひた》り、彼と寄り添い歩く。

「白い砂浜が、夕陽の色に染まる。きれいですね」

「そうだな」

サンダルで踏む白い砂は、珊瑚や貝が砕けたものだと陸人が教えてくれた。

「あとは、魚の糞《ふん》だな」

「……え？」

「例えばブダイという魚は、死んだ珊瑚をかじり取っては、大量に排泄している。表面に付着した藻《も》を、餌にしているのだよ」

「そ、その糞が砂に？」

足元を見直して、春花はぷっと噴き出す。ムードを台無しにする発言だけど、陸人は大真面目だ。でも楽しくて笑った。こんなところも、彼の魅力だと思う。

いつしか空は紺色に染まり、南の星が輝き始める。陸人は春花の手を取り、腕時計を確認した。

「夜の食事は、本棟のメインレストランで八時からだ。そろそろ戻って仕度しよう」

「はい、陸人さん」

頼もしくて温かな手に導かれ、楽園の夜へ歩き出した。

数時間後――

ヴィラに戻るやいなや、春花は陸人に担ぎ上げられ、ベッドへ運ばれた。

海に浮かぶ部屋は静かで、さざ波の音しか聞こえない。甘い香りが立ち込めるのは、花びらの名残だろうか。色鮮《あざ》やかな南国の花々が、ベッドに敷きつめられているかのよう。

愛し合うために用意されたロマンティックなシチュエーション。うっとりする春花だが、ぎらぎらと輝く瞳が迫ってきて、ハッと我に返る。

「あ、あの。ちょっと待っ……」

陸人は無言で覆い被さってくる。身動きがとれない春花の唇、頬、首筋に、キスの雨が降り注いだ。情熱的な口付けを受けながら、むせかえる甘い香りに酔いそうになる。

「も、もう。陸人さんってば」

「悪いが春花。私はもう、一分一秒も待つ気はない」

陸人は宣言すると、春花の上で膝立ちになり、シャツを脱ぎ始めた。月明かりの中、逞《たくま》しい胸板が披露される。パンツも下着ごと下ろし、そこには既にいきり立つ男性が存在を主張していた。

「君も脱いで」

いつもながらの野性的な肉体美に、春花の目はとろんとなる。性急な彼の様子に戸惑いつつも、言われるままワンピースのボタンを外し、下着姿になった。

ブラとショーツは、陸人が慣れた手つきで取り去っていく。ショーツのクロッチが濡れているのに気付くと、彼はにやりとした。

「君のここはいつも素直だな。言葉でもねだってくれると、嬉しいのだが」

「……あっ」

キスしながら、ナカに指を押し込んできた。舌も挿入されて、上から下まで春花は強引に支配される。アルコールのせいか、それとも南の島の解放感によるものか、彼はパワフルに情欲をぶつけてくる。

「はん……やっ、だめえ」

彼の指が二本入るのが分かった。空いた親指で、敏感なところを攻めてくる。

「だめ？　気持ちよさそうだぞ」

「あっあ……だって……はあん！」

早々にイカされた。だけど力を抜く間もなく、技巧を駆使する彼に、続けざまに天国へ連れて行かれる。

「りく……とさ……あ、やめ……はああっ」

今夜の陸人はとても攻撃的で、容赦がない。だけど春花の身体も激しく煽《あお》られ、一気に燃え上がっていた。彼が交わる準備をするのをもどかしく見守り、ベッドに戻ると自ら腕を伸ばした。

「お願い……きて、早くう」

「まだだ。潤滑油が不足している」

こんなに濡れているのに？　涙目で問いかけると、彼は返事の代わりにキスをして、愛撫を施《ほどこ》し始める。胸を手のひらで包み、硬く尖った実を指の間に挟んで揉んだ。

「やっ、だめ……」

春花は身悶《みもだ》え、快楽の嵐から逃れようとするが彼は許さない。唇を塞がれ、片方の手で腰や尻を同時に愛撫されている。拘束されて実は悦《よろこ》んでいる身体を、陸人は熟知していた。

「今夜の君は、いつになく感度良好だな」

「ん、ああっ……あ」

左右の乳房を執拗《しつよう》に弄《いじ》られ、そのたびに下腹がぎゅっと締まる。搾《しぼ》られた愛液が扉から溢《あふ》れ出し、みるみるうちに春花のそこはずぶ濡れになった。怖いほど彼に感じている。

「十分に潤《うるお》ったね……挿《い》れるよ」

強引にねじ込まれても、ちっとも痛くない。たっぷりと湧き出した潤滑油のおかげだ。

春花は自ら身体を開き、根元まで彼を呑み込む。奥へと突いてくる彼の腰を支え、揺らされながら、同じリズムで呼吸した。

「はあっ、はあっ」

「春花、いいよ。上手になった……くっ……」

イキそうになりながらも彼は耐え、更に高まるまで粘り強く攻め立てる。クールな陸人が汗にまみれ、快楽を堪《こら》える表情はとても色っぽい。

火照《ほて》る春花の身体を抱きしめ、彼が苦しげに囁《ささや》く。

「いくぞ」

春花が頷くと、彼はベッドが軋《きし》むほどの攻撃を加えてきた。これでもかと思い知らせるように、春花のナカに欲望を叩き込んでくる。

「はん……んんっ……」

仰《の》け反《ぞ》る春花の胸に、望みを果たした彼が顔を埋める。抱きしめ合い、互いの熱を交換し合う狂おしい時間《とき》――

陸人は身体を浮かすと、労《ねぎら》うように頬を撫でてくれた。結ばれたまま交わす口付けは、甘い蜜《みつ》の味がする。

「君は、きれいになった」

熱っぽく囁《ささや》かれ、春花は潤《うる》んだ目で見返す。一途な眼差しが瞳を覗き込んだ。

「さっきも、声をかけられていたな」

「あ、あれは……」

本棟からヴィラに戻る前、ちょっとした出来事があった。陸人の低い声は、それを責めている。

レストランを出た後、二人はレセプションに立ち寄った。ダイビングツアーの申し込みをしたのだ。陸人が手続きをする間、春花は窓辺の椅子に座っていた。外の広場では、ボドゥベルという伝統舞踊が上演されている。太鼓のリズムに聞き入っていると、見知らぬ男性が近付いてきて向かいに腰かけた。

よく見ると、水上飛行機で乗り合わせたイタリア人男性だ。若く、すらりとしたイケメンで、いかにもラテン系の色男である。

英語で親しげに話しかけてくるが、早口すぎて単語一つ聞き取れない。ただ、身振り手振りから、浜辺のバーに誘っているのだと分かった。

カウンターを振り向くが、陸人はこちらに背を向けている。春花はたどたどしい英語で連れがいることを伝えた。しかし、なぜか男性はさらに身体を寄せてくる。きつい香水の匂いにむせそうになり、椅子を立ちかけた。

すると、男性がぎょっとした顔で、春花より先に椅子から飛び上がったのだ。彼の視線を辿ると、仁王のように立ちはだかる陸人が背後にいた。

『私の妻に何か用事でも？』

と、陸人は流暢《りゅうちょう》な英語で男に詰め寄る。無表情だが、それ故に不気味な迫力がある。ラテン系イケメンは顔を左右に振りながら退散した。

「君があまりにも魅力的だから、彼は近付き口説《くど》こうとした。私という連れがいるのを知りながら、誘惑に抗《あらが》えなかったのだよ」

「ゆ、誘惑って。私は別に何も」

「だめだ。あれはお仕置き案件だな」

「おし……ええっ？」

どうしてそうなるのと問う間もなく、陸人は春花から自身を抜き、手早く次の準備を整える。

（えっ、もう一度？　お仕置きって一体……）

陸人は戻って来ると、再び春花に覆い被さってきた。どうしてか彼は怒っている。わけが分からず、春花はただ身体を戦慄《わなな》かせた。

「時に、美しさは罪悪となる。君はあのイタリア男を、その美しさで誘惑したのだ」

「そんな、違います！」

とんでもない言いがかりだ。第一、男性を誘う魅力が自分のどこにあると言うのか。春花は否定するけれど、陸人は支配を緩めない。

「君は分かっていないようだな」

彼は指を開き、春花の髪をさらりと梳《す》いた。陸人と出会い、少しでも女らしくなりたくて伸ばし始めた髪。それは絹糸のように、艶《つや》やかに素肌を滑《すべ》る。

「ますますきれいになった。こんなに魅力的な女性を、狼どもが放っておくはずがない。罪深い美しさに狂わされるのだ。もはや、私だけではない……」

「や……っ」

手首を掴まれ、大きく胸を広げられる。大胆な姿にさせられて、春花は身を捩《よじ》って抵抗するが、それは彼にとって煽情的《せんじょうてき》に映ったようだ。妖《あや》しい光が瞳に宿っている。

「少しこらしめる必要があるな」

「そ、そんな」

陸人がなぜ怒っているのか。その原因が嫉妬《しっと》であることに春花は気付いた。でも、浮気したわけじゃないのにと、困惑してしまう。

手首は解放されても、抱きしめてくる陸人に動きを封じられる。唇を吸われてほとんど力が抜けると、彼の右手が触手のように身体を這い回ってきた。

「は、あ……やめ……」

乳房、腰、尻……少し湿った手のひらと指先が、いやらしく撫でていく。腿《もも》の内側に侵入すると、脚の付け根ぎりぎりを攻めてきた。

快楽への期待と恐れがない交ぜになり、春花の泉は豊かに潤《うるお》い始める。

「……陸人さん、あ……お願い」

巧みな愛撫に導かれ、春花の肉体はたちまち限界を迎えた。早く慰めてほしい。ソコを弄《いじ》ってほしくて堪《たま》らなくなる。

「ねえ、お願い……！」

「だめだよ。我慢しなさい」

「いや、だって……」

汗ばむ素肌を密着させて、頬や耳たぶを口で愛する。その間にも彼の手指は動くのを止めず、触れそうで触れない距離を保ち、秘部の周囲を慈《いつく》しんだ。

春花の欲望はあり得ないほど高まり、それなのに我慢させられて、涙が滲《にじ》んできた。

「お願い、陸人さん……して、ください」

「言っただろう？　これはお仕置きだよ」

春花の懇願を退け、意地悪に頬を緩める。その表情は、淫靡《いんび》な魔法をかけて楽しむ魔王のようだ。

だけど、あまりにも魅惑的なその微笑みに、つい見惚《みと》れてしまう。

「はあっ、はあ……やっ……」

さんざん焦《じ》らした末に、陸人の手は春花の股を優しく覆った。ゆっくりと上下に動かし、指先を谷間に潜《もぐ》り込ませる。強烈な刺激に反応し、愛液が泉のように湧き出てシーツを濡らした。

「いやらしい身体だ。そんなに欲しいのか？」

「も、もう……んっ」

彼の舌が口内を蹂躙《じゅうりん》する。右手はくちゅくちゅと音をさせて秘部を揉み込み、愛液まみれにした。太腿《ふともも》に彼のものが当たっている。それはいつの間にか、硬く逞《たくま》しく変化を遂げていた。

「君は私のものだ。身も心も……私だけを愛せばいい」

「ふ……んんっ、あ、りくと……さ」

彼は起き上がり、春花の膝に手をかける。大きく脚を広げられ、熱く熟したソコに容赦なく杭を打ち立てられた。

「あああっ！」

力強く、さっきよりもずっと激しく突いてくる。脚を高く上げられ、これ以上ないくらい深く、貫かれた。

「春花、私だけを見て、私だけを愛せ」

「あ、あんっ……んっ、んっ……」

汗だくになり、夢中になって、何度も何度も彼は突いた。春花を愛することに、全身全霊を捧げている。どうしてこれほど、求めてくるのか。

「りく、とさ……あぁっ……」

春花しか見ていない、彼の瞳は太陽みたいに燃えている。エネルギッシュに、ほとばしる情熱を深く繋がる自身に集中させていた。

愛しさと嫉妬《しっと》。膨《ふく》れ上がった男の激情は誰にも止められない――

「はるか……っ」

想いの丈を注ぎ込み、強く抱きしめてくる。肩で息をする彼は、獰猛《どうもう》な獣《けもの》のよう。だけど、野性的に熱く激しく、純粋な愛を与えてくれた。

「陸人さん」

キスを交わし、見つめ合う。嫉妬の炎は消え、穏やかな温《ぬく》もりだけが春花を護《まも》っている。

「君が好きだ。もう、どうしようもないくらいに」

静かな波音が、子守歌のように心地いい。瞼《まぶた》を閉じ、広くゆったりとした胸に甘える。

「私も、大好きです。私だって、どうしようもありません」

お仕置きされても、意地悪に攻められても、愛しさが増すばかり。陸人のためなら何だってできる。そう思えるほど、彼が大切だった。

この気持ちを伝えたい。

春花は起き上がると、陸人の足元に移動した。無防備に横たわる彼の裸体を、清らかな月光が照らしている。その美しい光景に、春花はしばし見惚れてしまう。

「春花、どうした？」

上体を起こそうとする彼を視線で止めて、想いを込めて囁《ささや》いた。

「私も、愛したいの」

陸人の中心にあるそれを、指で優しく扱った。役目を終えた薄い膜を丁寧に取り外し、処理する。

春花が何をするつもりなのか、彼は察したのだろう。ピローに頭を預けて、目を閉じた。

陸人の上に屈み込むと、春花は彼の分身に顔を近付け、口に含んだ。舌を使いぺろぺろ舐めると、それは次第に硬くなってくる。

「……ふ」

彼の息遣いが荒くなり、興奮しているのだと分かる。快感を与えられたことが嬉しくて、春花は頬を上気させた。

口での愛撫をやめると、唾液で濡れたそれを手のひらでしごいた。みるみるうちに、鋼鉄の棒へ変化を遂げる。親指で先端に触れた時、彼は大きく反応した。

「はる……か。だめだ、もう……」

「待って」

春花はサイドテーブルから小箱を取り上げ、パッケージを取り出した。封を切って、ゴムを彼に被せてあげる。初めてのことだから緊張して、少し震えている。

「まったく、君って子は……」

起き上がった陸人に、春花はピローに押し倒された。キスする間に脚を広げられ、半ば無理矢理捻じ込まれる。だけど、陸人を愛しながら春花も濡れそぼっていた。滑《なめ》らかに受け入れることができた。

「あ……んんっ」

「本当に、君は罪な女性《ひと》だ」

前後運動しながら、陸人が責めてくる。熟れた筒に彼の情熱が擦れて、たとえようもなく気持ちいい。春花は背中を仰《の》け反《ぞ》らせ、喘《あえ》ぎながらそれを聞いた。

「こんなにも、私をおかしくさせる。それなのに、愛しくて仕方がない……」

腕を伸ばし、厚い胸板をまさぐった。汗ばむ肌と速い鼓動が、彼の高ぶりを教えている。

「……あなた、だけ。私は、陸人さんだけを誘って……るの。愛してほしい、から」

「春花……」

陸人の動きが加速して、想いに応えるかのように、激しくリズムを刻んでくる。何も考えられず、ひたすら互いを求めた。

そして上り詰め、頭が真っ白になった瞬間、二人は頂点に達した。抱きしめ合い、舌と、汗まみれの身体を絡ませる。蕩《とろ》けそうなほど、好きで好きで堪《たま》らない。

「あなただけを見つめて、あなただけを愛してる。この世界で、あなただけを……」

「……愛してるよ」

凪《な》いだ海が包んでくれる。春花はいつしか夢の中、幸せな眠りについていた。

カタカタというリズミカルな音が聞こえる。目を開けると、隣に陸人がいない。

ベッドを覆うカーテンをそっと開いて、部屋を見回してみる。彼はソファに座っていた。膝の上にノートパソコンを置き、何やら入力している。

春花はベッドを下りて彼に近付くと、声をかけた。

「陸人さん、おはようございます」

「うわっ」

彼は弾かれたように顔を上げ、同時にパソコンを閉じた。この慌てぶりは、もしかして……

「これって、例の研究ですか？」

「ん？　ああ、そうだよ」

いつものように、データを入力していたらしい。ここまで来てそんなことを？　春花はちょっと呆れてしまう。

「ここは実験室じゃないのに」

「ふむ。まあ、これはだな……フィールドワークのようなものだ」

つまり、野外での研究活動。マンションの部屋だけが研究の場ではない、ということ。

「分かったかな？」

「はーい、更科先生」

春花がおどけると、陸人はホッとした笑顔を見せる。ノートパソコンのデータを素早く保存し、電源を切った。隠すような仕草に、春花は少し不自然に思う。

（本当に、何を入力してるんだろ）

しかし春花は、無理に訊《たず》ねようとはしなかった。『春花の研究』は彼の望みであり楽しみなのだから、奪ってはいけない。それに、どんなデータなのか……知るのが怖い気もする。

「さてと、腹が空いたな。朝食に行こうか」

ヴィラを出ると、晴れた空が広がっていた。桟橋《さんばし》を歩きながら、南国で迎える初めての朝を、のんびりと楽しむ。空も海も遠くまで続くこの島は、時の流れが緩やかな気がする。

「フィールドワークと言えば、帰国したら直《じき》に出発ですね」

「そうだな。七月四日からおよそ一か月半、千葉の研究施設を拠点に野外活動をする。学生とともに海の生き物を調査し、データを集めたり分析したり、じっくり研究に取り組んだ。他にも、現地水族館での研修や、共同研究の打ち合わせもあるな」

陸人は生き生きしていた。彼はフィールドワークの季節を、毎年心待ちにしているらしい。

「うふふ、楽しみですね」

「ああ。ただ、君を置いて行くのは辛いな……」

「陸人さん」

桟橋を渡り、歩道をしばらく歩くと砂浜に出る。波打ち際の手前に、サンドソファに腰かける老夫婦がいた。ここで、朝陽を眺めたのだろうか。

春花の手を、陸人がそっと握った。

「傍《そば》にいられなくて、すまない。毎日電話するよ」

「うん。でも、忙しい時は無理しないでくださいね。メールでも大丈夫ですよ」

「メールか……」

陸人は困った顔になる。どうやら彼は、メールが不得手《ふえて》のようだ。

「私はこれまで、個人的にメールをやり取りするという経験がほとんどなかったからな。だから、どうしてもこう……業務連絡になってしまう。君も知ってのとおり」

確かに、陸人のメールには必要事項のみがコンパクトに並んでいる。顔文字はもちろん、ジョークなどの遊びが一切ない。そして、愛の言葉も。

「SNSとか……はもっと難しいですよね？」

「うむ。活用すれば便利らしいが。仕事以外で使うことはないだろう」

と言うことは、やはり電話である。声が聞けるのは嬉しいので、それはそれで問題ない。

「フィールドワーク、頑張ってくださいね」

「ありがとう、春花」

(少しくらい離れても大丈夫。私はあなたの妻ですから)

入籍はまだだけど、二人には絆《きずな》がある。互いを思いやる心がそれだと、春花は信じている。

砂浜の老夫婦を、ちらりと見やった。いつか、あんなふうになれたなら。

「それにしてもいい天気だ。今日も目一杯楽しもうな」

「はいっ、陸人さん」

二人の間には、この島のようにゆったりとした時間が流れていた。

モルディブには、ダイビングやシュノーケリングなど、アクティブな遊びが充実している。また、ヴィラのデッキで海を眺めながら食事をしたりまどろんだりするのも、この島ならではの贅沢《ぜいたく》な過ごし方だ。二人は解放感に浸《ひた》り、リゾートライフを満喫した。

春花が特に気に入ったのは、ボートダイビングだ。他の参加者とボートに乗り込み、ダイブサイトに移動して海に潜《もぐ》るのだ。この旅のメインイベントとも言えるレジャーである。

陸人はダイバーとして上級者であり、春花には頼もしいバディとなった。未知なる海での冒険も、彼と一緒ならちっとも怖くない。

珊瑚の海を群れなして泳ぐ、色とりどりの魚達。ドロップオフ――珊瑚に覆われた崖や急斜面――では、さらに多くの魚影があり、マンタやジンベエザメなど、大物スターが悠々と通り過ぎるのを、固唾《かたず》を呑んで見守った。

そこはまるで、巨大スケールの水族館のよう。春花は陸人と目を合わせ、繋いだ手を強く握る。この素晴らしい光景を彼と共有できる、喜びと感動に震えていた。

ただ一つ、残念なことがあった。船長やクルーも、出会う確率は高いよと保証してくれたのに――

「イルカの姿が見えませんでしたね」

「ああ。どこに隠れてしまったのかな」

モルディブ最後の夜、二人はヴィラのデッキで寛いでいた。明日の午前中、帰国の途《と》に就く。楽園との別れを惜しみ、二人は海を眺めグラスを傾けた。

「まあ、気を落とすな。野生のイルカなら日本でも見られるよ」

「うん、そうだけど」

この楽園で会いたかった。陸人と一緒に……

「ねえ、陸人さん」

「うん？」

イルカと言えば、二人にとっては特別な生き物だ。何しろ陸人は、イルカのように泳ぐ春花を見て、心惹《ひ》かれたと言う。また、彼の研究対象でもある。

「陸人さんは、どんな研究をしているのですか？」

そういえば詳しく訊《き》いたことがなかった、と今更ながら思う。彼は顎《あご》に手をやると、先生らしい表情になった。

「鯨《くじら》類、特にイルカの繁殖生理を研究している」

「繁殖生理……ですか？」

「うむ、平たく言えば子作りだな」

大真面目な彼に、春花はなるほどと頷く。

「例えば、共同研究先の水族館では、イルカの血中ホルモン濃度を測定し、数値から排卵期を見極めるためのデータ収集を行っている。うちの研究室ではその資料を分析し、実際に役立てるまでの研究を進めるのだ」

「つまり、イルカの繁殖を手伝えないかと言うこと……でしょうか」

「そう。あと、子育てまでフォローできないかと考えている」

陸人は夜の海へ視線を投げた。はるか遠くを見る眼差しになる。

「彼らの生理について理解を深めることは、人工授精の技術向上にも繋がるだろう。野生のイルカは数が少ないわけではないが、地球環境は変化していく。どんな状況下でも生き延びられるよう、手助けしたい。彼らの種の保存に研究者としての人生を捧げたいと、考えているんだ」

ひと息に話すと、春花をちらりと見る。照れたように前髪をかき上げた。

「大げさだったかな」

「そんな。すごく大事な研究だと思います」

夢見る少年。ううん、まるで、イルカに恋してるみたい。彼が情熱を傾けるイルカという生き物に、ますます興味が湧いてきた。

月が海を照らしている。幻想的な夜景は、ほどよく酔った身体を夢の世界へ連れて行く。春花はグラスを置くと、うとうとしてきた。

「風邪を引くよ。ベッドで寝なさい」

「はい、陸人さ……」

ぱしゃんと、水の音がした。

「ん？」

陸人は背後を見るが、すぐ向き直る。ハウスリーフの魚が跳ねたのだろう。

ぱしゃん、ぱしゃん――

また音がした。今度はもっとはっきりと聞こえる。

「元気のいい魚だな……」

二人は顔を見合わせた。今、月の光に反射したものがあったような……

「陸人さん、まさか」

「いや、そんなことは」

だが陸人は春花の手を取ると、ハウスリーフに下りる階段へ急ぐ。その時、さっきよりも大きく跳ねる音がして、二人は海面に目を凝《こ》らした。

すうーっと、二筋の線が水に浮かぶ。あれは間違いなく、彼らの背びれである。

「春花っ」

陸人が小声で叫び、春花の肩を抱き寄せた。彼が指をさすと、二つのくちばしが前後にひょっこりと現われる。

「おお、間違いない。あれはバンドウイルカだ！」

「嘘、本当に？」

「早くシュノーケルの用意を……いや待て」

二頭のイルカは、その場でぐるぐる泳ぎ始める。じゃれ合いながら、まるで遊んでいるかのように。だけどすぐ立ち去るだろうと、春花達には分かった。たまたま迷い込んだだけなのだ。

「あ、行ってしまう」

一頭の尾びれが水面《みなも》を叩き、それを合図に彼らはヴィラを離れ、まっすぐに泳ぎ出す。すごいスピードで。

「見ろ、春花！」

月明かりの中、ジャンプするシルエットがはっきりと見えた。そして、派手な水しぶき。

呆然と見送るうちに、彼らは消えてしまった。ハウスリーフは再び、淡い月明かりと静寂に包まれる。

今の出来事は、夢だったのか――

だけど、隣の彼が激しく興奮していた。

「すごいぞ、会いに来てくれたんだ。君のために」

「うん、うん」

力いっぱい抱きしめられて、春花は嬉しさを噛みしめた。願いはきっと叶う。神様はちゃんと見ていてくれる――

陸人をそっと見上げた。この出会いを、幸せを、大切にしたい。

「ありがとう。私、一生忘れません」

微笑む目元はいつも優しい。

このキスも、忘れられない思い出になる。

旅行から帰って一週間後の今日、陸人はフィールドワークに出発する。

春花はマンションの外まで見送った。彼はポロシャツにチノパンというカジュアルな服装のためか、仕事に出かけるという感じがしない。

「やっぱり雨ですね」

「そうだな。まあ、あと二週間もすれば梅雨《つゆ》明けするだろう」

陸人は車を回してくると、荷物を積み込んだ。運転席のドアを開けてから、春花と向き合う。

「では、行ってくる」

「はい。お気を付けて」

フィールドワークの拠点となる研究施設は、千葉県の銚子《ちょうし》市にある。それほど遠い場所ではないのに、しばらく会えないと思うとやっぱり寂しい。ちょっとだけ泣きそうになった。

「春花……」

「ごめんなさい。何でもないから」

(出がけに涙だなんて縁起でもない。陸人さんは今から仕事に行くのだから、心配させちゃだめだ)

春花は笑みを作って顔を上げる。彼は指で眼鏡の位置を直すと、じっと見つめてきた。

「フィールドワークから戻ったら、またどこかに出かけよう。海でも山でも、君が好きなところに連れて行くよ」

「え、ほんとに？」

「ああ、本当だ」

これではまるで、お父さんに甘える小さな子どもである。だけど、実際にそんな心境なのだから仕方ない。陸人は春花にとって、それくらい大きくて頼もしい存在だった。

「それなら、みなと水族館に行きたいです」

彼のプロポーズを受けた思い出の場所だ。相模湾に沈む夕陽を、また二人で眺めたい。

「よし、約束する。その代わり、留守をしっかりたのむぞ」

春花は目尻を拭《ぬぐ》い、頷いた。

「毎日電話するよ。君も何かあれば連絡しなさい。活動中は出られないかもしれないが、必ず折り返すから」

「分かりました。でも、忙しい時は無理しないでくださいね」

「ありがとう」

微笑むと、春花の襟元をそっと撫でた。青く透明なアクアマリンが揺れている。

「君のことを、いつも想っている」

「陸人さん」

彼は車に乗り込むと、片手を上げて出発の合図をする。春花も手を振り、車がゆっくり雨の街を走り去るのを見送った。

「大丈夫、ちゃんと留守番しますからね」

アクアマリンに触れると、彼の温《ぬく》もりが残されていた。

陸人と離れ離れの生活が始まった。朝起きると隣に彼がおらず、また、恒例のデータを打ち込む音がしないのも、寂しさを感じさせる。

（そういえば、ノートパソコンが見当たらない。持って行ったのかな）

あのパソコンは陸人個人のもので、仕事には必要ないはずだ。それに、観察対象の春花がいないのに何を打ち込むのか。ちょっと首を傾げるが、パソコンの使い道はいろいろあるのだからと、深く考えなかった。

独りの生活は確かに寂しい。だけど、陸人は毎晩電話をかけてくれるし、彼の『おやすみ』の声を聞けば、安心して眠ることができた。離れていても、いつも傍《そば》にいる実感があった。

そんな日々が十日ほど過ぎた週末。仕事から帰宅した春花は、マンションの前に人影を見つけて、ビクッとする。見覚えのある女性だった。

「こんばんは。あの、突然すみません。私、美月江梨香《えりか》の友人で、増岡《ますおか》といいます」

みなと水族館で、美月と一緒にいた女子学生の一人だ。春花はつい身構えるが、彼女の態度は遠慮がちで、困っているようにも見える。

「こんばんは。何か……あったんですか？」

春花が訊《き》くと、増岡は深刻な声で答えた。

「美月ちゃんと連絡が取れないんです。失礼を承知でお訪ねしました。もしかして、彼女の居場所、ご存じありませんか？」

「ええ？」

今日は悪天候で、庇《ひさし》の下にも雨が降り込んでくる。春花はとりあえず増岡をエントランスに入れて、壁際のベンチに座らせた。明るい照明の下で見る彼女は、少し青ざめていた。

「美月さんと連絡が取れないって、どういうことですか？」

「今日、美月ちゃんが大学を休みました。メールやＳＮＳにも反応しなくて、電話しても留守電になってるし。試験前の大事な時期なのにおかしいなと思って、友達と一緒にアパートを見に行ったんです。そしたら、やっぱり留守で。あの子はしっかり者だし、いつもだったらこんなに心配しません。でも、ここのところ、思いつめた顔してたから……」

春花は胸騒ぎがした。

「もうご存じですよね。美月ちゃんは、更科先生のことを好きなんです。それも、私達みたいな単なるファンとかじゃなくて、本気で恋してます」

「ええ……知っています」

本人から聞いている。そして、ストーカーまがいの行為をするくらい本気なのも知っている。

増岡は握っていたスマートフォンの画面に目を落とした。

「でも、美月ちゃんは学生の身です。告白なんてできず、一生懸命お洒落《しゃれ》をして、特別講座を欠かさず受けるくらいが精一杯のアプローチでした。メイクも服装も、女の子らしく可愛く見せるよう、すっごく頑張ってました。だから、八尋さんみたいな女性が突然現れて、かなりショックを受けたみたいです」

八尋さんみたいな……という微妙な言い方に、春花は少し傷付く。しかしそれが、美月や彼女達の正直な感想なのだ。

「更科先生はクールで、女性に関心がないのかなと思えるほどでした。それなのに、いつの間にか恋人ができて、あれよあれよという間に結婚が決まってしまった。あの子はいまだに納得してません。どうしてあの人なの。話が違うじゃないのって……あっ」

「話が違う？」

増岡のしまったという顔を、春花は凝視した。それはきっと、気になっていたことの答えである。

「美月さんは、何に納得できないのかな」

「そ、それは……」

増岡はためらっていたが、視線の強さに負けたのか、ふうっと息をついた。

「……ずっと前、講座終了後に誰かが先生に質問したんです。『好きな女性のタイプを教えてください』って。先生は真面目な人だから、叱られると思って皆ひやひやしました。でも、ちゃんと答えてくださったんですよ」

陸人さんらしいと、春花は思う。おそらくその学生は、真面目に質問したのだろう。だから、彼はしっかりと向き合った。

「その時、先生はこう言いました。『可愛い女性が好きだ』と」

「え……」

可愛い女性——春花には、思わぬ答えだった。

「すみません。あの、気に障《さわ》られましたか？」

気まずそうに詫びられ、春花はハッと我に返る。自分でも意外なほど、衝撃を受けていた。

「う、ううん。そっか、だから美月さんは……」

可愛い女性になれるよう、一生懸命努力した。お洒落《しゃれ》して、特別講座を欠かさず受けて、陸人にアプローチした。にもかかわらず、彼が選んだのは春花だった。可愛いとは対極に位置する、男か女か分からないような相手。

話が違うと言いたくもなるだろう。

「でも、八尋さんは美人だし、すらりと背が高くてかっこいいです。先生に相応《ふさわ》しい人だと今は思います。ホントです」

「あ、ありがとう」

背が高くてかっこいい……つまり女性として可愛くないのは、昔から自覚している。増岡に悪気がないのは明らかだけど、春花は複雑な気持ちだった。

気づまりな空気を破り、着信音が鳴り響いた。増岡のスマートフォンだ。

「あっ、友達からです。美月ちゃんのアパートをもう一度見に行ってるので、その報告かも」

そうだ、今は余計なことを考えている場合ではない。美月の行方を探すのが優先事項だ。春花は気を取り直すと、電話に出る増岡を注視した。

「そう、やっぱり留守なんだ。……ん、分かった」

通話を切ると、増岡は春花と目を合わせた。彼女の瞳は不安げに揺れている。

「今もアパートに帰ってないそうです」

風が強く吹き、ホールの窓を大粒の雨が叩いている。こんな日に、彼女はどこに行ったのだろう。友達と交信を断って、思いつめた顔で。

何だか嫌な予感がする。

「あの子、まさか……のところに……」

「え？」

小さな呟きに耳を寄せると、増岡はぶるぶると顔を横に振った。

「いえっ、何でもありません。あの……今夜、あちこち電話してみます。八尋さん、突然押しかけてすみませんでした」

増岡は深々と頭を下げる。彼女は友達のために、必死になっているのだ。

「私のことは気にしないで。それより、手伝えることがあれば連絡してください」

アドレスを交換すると、エントランスの外まで増岡を見送った。嵐のような雨風が、嫌な予感を倍加させる。春花はぶるっと身震いし、急いで部屋に帰った。

美月はどこに行ってしまったのか――

一人分の夕食を作ると、時計を確かめた。午後七時半。

陸人の電話は、毎日午後九時から十時の間にかかってくる。それまで待つのは、いささか呑気な気がする。増岡の必死な様子が、春花を焦らせていた。

(それに、彼女の呟いた言葉って、もしかしたら)

――あの子、まさか更科先生のところに行ったんじゃ……

聞き取れなかった彼女の呟きを、春花は無意識に補完していた。それは当てずっぽうではなく、可能性の高い推測に思える。

（とにかく、電話してみよう）

彼の番号をタップすると、ざわつく胸を押さえながらスマートフォンを耳にあてた。

（あれっ？）

呼び出し音は聞こえず、『おかけになった電話をお呼び出しいたしましたが……』と、圏外アナウンスが流れた。仕事中もスマートフォンの電源は入れてあるはずなのに、変だなと思う。

数分後、もう一度かけてみたが、結果は同じである。

「どうしよう」

研究施設の守衛室に電話すれば、呼び出してもらえる。でも、今は何かの作業中かもしれない。そわそわとして落ち着かないが、仕方ないので陸人からの電話を待つことにした。

しかし、どうしたことか午後九時を過ぎても電話がない。こちらからかけても、先ほどと同じようにアナウンスが流れるのみ。

（変だな。忙しいのかな）

午後十時を回り、日付が変わるまで待ったが、とうとう電話は鳴らずじまい。気が付けば、陸人の声を聞かずに一日が終わっていた。こんなことは初めてだった。

（遅い時間だし、守衛室にも誰もいないはず。今夜は諦めよう）

ため息をつくと、リビングのライトを消して寝室に移動した。スマートフォンをサイドテーブルに置き、ベッドに寝そべる。それにしても――と、春花は珍しく不満を感じた。

忙しくても電話をくれとか、そんな無茶はもちろん言わない。だけど、こんな夜に限って、どうして連絡が取れないのだろう。

寝返りを打ち、海のように青い天井を見上げた。風の音が気になって、眠れそうにない。

陸人のピローをぎゅっと抱きしめ、まんじりともしない夜を過ごした。


翌朝、春花は夜明け前から起き出した。スマートフォンを手に取り、ため息をつく。

「ああ、もう。私って……」

今回のことで、春花は己の未熟さを痛感した。美月というコンプレックスを刺激する相手から、ただ逃げていた。問題には、きちんと向き合うべきだったのに。

(今度、陸人さんにちゃんと話そう。困ったことがあれば、相談するようにしなきゃ)

反省し、あらためてスマートフォンを見直す。

こちらから電話するにしても、時間がまだ早すぎる。仕方ないので、部屋着に着替えてキッチンで朝食を作ることにした。まだ眠いけれど、今日は会社が休みなので、後から昼寝すればいい。

朝食を済ませ、家事もひと段落した頃、陸人に電話をかけてみた。彼は忙しいのだから、出なくても構わない。用件は留守電に吹き込めばいい。

だが、彼の電話は昨夜と変わらず、圏外アナウンスが繰り返されるだけだった。

「おかしいなあ」

首をひねっていると、キッチンに着信音が鳴り響く。スマートフォンではなく固定電話のほうだ。

ディスプレイには千葉の研究施設名が表示されていて、春花は慌てて受話器を取り上げた。

「はい、更科です」

『おはようございます。更科先生の奥さんですか？　私、明都大学附属海洋生物研究所の事務長で、田畑《たばた》と申します。朝早くから、どーもすみません』

やたらと明るい声が耳に飛び込んできた。だけど、電話してきたのは陸人本人ではない。そのことが不穏な知らせなのではと感じさせた。

「あの、陸人さんに何かあったんですか？　昨夜から電話が通じないんです」

思わずかぶりつく春花だが、聞こえてきたのはのんびりとした返事だった。

『あー、そのことでお電話いたしました。実は、先生の研究チームが昨日、無人島に上陸して調査を行っていたのですが、海が荒れて港に戻れなくなりましてね』

「ええっ？」

春花はびっくりするが、電話の相手は笑っている。一体、何が可笑《おか》しいのだろう。

『時々こういったことがあるんですよ。電波が届かない場所ですので、電話が通じなかったわけです。港には無線で連絡が入りまして、先生は今日の昼過ぎくらいに戻る予定です』

「そうだったんですか。あ、ありがとうございます」

なるほど、フィールドワークにはいろいろなアクシデントが起こり得るのだ。たった一日電話がないだけで狼狽《うろた》えるなんて情けない。研究者の身内になるなら、もっと大らかに構えなければ。

春花はそこまで考えてから、今さっき電話の相手が『奥さん』と呼んだことに気が付く。

(籍は入れてないけど、陸人さんの職場ではもうそんなふうに認識されてるんだ。そうだよね、一

緒に住んでるし）

更科先生の奥さん。くすぐったいけれど、新鮮で嬉しい響きだった。

『それで、ここからが本題です。先ほどまた港から連絡がありましてね、更科先生から奥さんへと、ご伝言を預かっております。お伝えしますね』

「あ、はい。お願いします」

田畑はゴホンと咳ばらいをした。

『春花、今夜連絡する。心配するな』

「……」

今のは陸人の口真似《まね》だ。真面目なのか冗談なのか判断できず、春花は戸惑う。

『もしもーし。奥さん、聞いてます？』

「わ、分かりました。ありがとうございます」

『いえいえ、どういたしまして。それにしても、毎晩ラブコールをしているそうで、いいですねえ。いやあ、研究一筋の更科先生も、新婚さんって感じですね』

「は、はあ……」

事務長の田畑という男性は朗《ほが》らかな人柄のようだ。それに、少々お喋《しゃべ》りでもあるらしい。お礼を言って受話器を置こうとするが、彼が話し続けるのでタイミングが掴めない。

『奥さんもご存じでしょうが、先生はあれで人気者なんですよ。昨日も女子学生が訪ねて来て、先生にお会いしたいのですが――とか言ってね』

「えっ？」

女子学生という言葉と、田畑の口真似に反応した。

「待ってください。今の、もう一度言ってもらえますか」

『へ？　あ、いや、訪ねて来たのは先生の教え子ですよ。特に意味があるわけでは』

春花が変な意味で受け取ったと、彼は誤解している。だが、それどころではない。もう一度、女子学生の口調を真似してもらった。

――先生にお会いしたいのですが。

可愛いけれど、どこか絡みつくような独特の口調。美月にそっくりだった。

「あの、その人はどんな人で、どんな様子でしたか？」

『ええー？　どんなって……まあ、お嬢さんって感じで、可愛い子でしたよ。ただ……』

「ただ？」

春花は耳をそばだてる。

『ずいぶん、暗い雰囲気だったなあ。先生は今日戻らないよって言ったら、明日また来ますって、ふらーっと出て行ったけど』

「田畑さん、お願いがあります。今日その人が来たら、引き止めておいてください！」

通話を切ると、その場で立ち尽くした。昨夜の胸さわぎが復活している。

千葉の研究施設に陸人を訪ねた女子学生。それはおそらく、いや、間違いなく、美月だろう。

陸人に会って、どうするつもりなのか――

春花はマンションを飛び出し、まっすぐに駅へ向かった。

「行かなきゃ……」

じっとしていられず、すぐに出かける用意をした。お洒落《しゃれ》する余裕などなく、部屋着のTシャツにジャケットを羽織り、デニムを穿《は》いた。襟元のアクアマリンが、唯一のアクセサリーとなる。

東京駅から特急と普通電車を乗り継いで、およそ二時間三十分。海に面した町に、研究施設の最寄り駅がある。数人の乗客とともに、春花はホームに降り立った。昨日とは打って変わって天気がよく、夏の陽射しが容赦なく降り注いでいる。

小さな駅舎を出て、額《ひたい》に手をかざして周囲を見回すが、美月らしき姿はない。

（もうすぐ正午か。もうとっくに着いてるよね）

おそらく美月は東京に戻っていない。昨日、陸人に会えなかったから、再度ここに来ているはずだ。

スマートフォンで道順を確かめつつ、海岸への道を歩いて行く。漁港に近付くと潮《しお》の香りが濃くなり、海鳥が舞うのが見えた。

漁港と言っても規模は小さく、船も少ない。この道で合ってるのかなと、きょろきょろしながら通り過ぎると、四つ角に看板があった。『明都大学附属海洋生物研究所はコチラです』と、矢印で案内されている。

「あっ、見えてきた」

少し古いけれど、四階建ての頑丈そうな建物だ。門のところに守衛室があり、春花は受付を済ませてから玄関に向かった。ふと見ると裏に別棟があり、どうやらそこは宿泊施設らしい。各ベランダに洗濯物が干され、生活感が漂《ただよ》っている。

土曜日のためか、玄関ロビーは照明も暗くシンとして、人の気配が感じられない。だが、しばらくすると階段からドタドタと足音がして、職員らしき人が現われた。

「今朝ほどはどうも、失礼いたしました。更科先生の奥さんでいらっしゃいますね？」

電話と同じ声を聞き、事務長の田畑だとすぐに分かった。守衛室から連絡を受け、ロビーまで来てくれたのだ。

「はい。私、八尋春花と申します。突然お伺いして、すみません」

田畑はおやという表情になる。

「あ、そうか。ご入籍はまだなんですね。あはは……でもまあ、奥さんと呼ばせてください」

陸人と同年代くらいの事務長は、ぽっちゃりした顔をほころばせた。

「ところであの、昨日訪ねて来たという女子学生は……」

「そうそう。今、お報《しら》せしようと思ってたんです。その人から電話がありましたよ」

「えっ、電話？」

ついさっき、『更科先生は戻られましたか』と、昨日の女子学生の声で電話があったらしい。

「やっぱり喋《しゃべ》り方が暗かったですよ。それで、昼過ぎに戻る予定だと答えたら、ぶちっと切られてしまいました」

「そうなんですか」

田畑は何か訊《き》きたそうにしていたが、春花は笑みを作ると、ぺこりと頭を下げた。

「お忙しいところをおじゃましまして、すみません。それでは私、これで失礼いたします」

「あれ、もうお帰りですか？　先生なら昼過ぎに戻る予定ですし、お待ちになられては？」

待っていたいけれど、美月の行方が気になる。とりあえず、港や駅の周辺を捜してみようと思う。

「ありがとうございます。でも、今日は用事がありますので」

「そうですか。あ、駅に戻られる時、漁港に寄ってみてください。ひょっとしたら、先生の船が早く着いてるかもしれませんよ」

陸人が乗る船は『光栄丸』という釣り船であると教えてくれた。春花はお礼を言うと、丁寧に挨《あい》拶《さつ》をしてから玄関ロビーを出た。

(とりあえず、港に行ってみよう)

ますます強くなる陽射しの中、春花は歩き出した。

漁港に着くと、船着き場に小型漁船が入って来るところだった。しかし、船体に書かれた文字は『光栄丸』ではない。

(そういえば、釣り船ってどんな形だっけ……ん？)

船着き場の中ほどで、地元民らしき老女が二人、大声で何か話している。春花は後ろを通り過ぎながら、会話を耳にした。

「あの娘、やっぱり様子が変だよ。朝からずーっと、あそこに突っ立ってるもん」

「大丈夫だって。旅の人だから、海が珍しいんだよ」

「いや、それにしては陰気な顔してたね。あの辺は深いから、飛び込むつもりじゃないの」

ぴたりと足を止めた。老女の指差すほうを見ると、港から延びた防波堤の先端に人がいる。日傘を差した、白いワンピースの女性だ。顔ははっきりと見えないが、あのシルエットは……

「ねえ、駐在さん呼んで来ようか」

「またそんなこと。あんた、この間も勘違いして怒られたばかりでしょ」

気が付くと、春花は防波堤の上を走っていた。よく似た誰かかもしれない。だけど、誰であろうと止めなければ！

（パンツにしてよかった。走りやすい）

足元も服装に合わせてスニーカーだ。全速力で走り、あっという間に防波堤の先端に辿り着いた。

「美月さん！」

ワンピースの女性は、ゆっくりと振り向いた。上品で可愛らしい笑みを浮かべている。

「やっぱり、来てくれたんだ」

「……？」

春花は乱れた息を整え、手の甲で額《ひたい》の汗を拭《ぬぐ》った。こんなに焦って駆け付けたのに、美月は信じられないくらい落ち着いた態度でいる。

「友達が何度も電話してくるから、仕方なく出たんです。あの子、昨夜八尋さんのところに行ったみたいですね」

増岡のことだ。

「八尋さんも本気で心配してるよって、怒られちゃいました」

美月はクスクス笑っている。今の彼女からは、思いつめた人間の辛さも、暗さも感じられない。それどころか、楽しそうにすら見える。

「あなたって、すっごいお人好し。でも、来てくれて嬉しいな。こうでもしなきゃ、ちっとも相手してくれないし」

「まさか……それが目的で、わざと行方不明に？」

心配する友達の気持ちを利用して、私を引き寄せた？

非難の目で美月を見ると、彼女は肩を竦めた。

「なーんてね。いくら私でも、そこまで計算できませんよ。八尋さんを刺激するのは面白いけど」

「はい？」

「いろんな意味で、不安になったでしょ？」

美月は上目遣いでこちらを窺《うかが》っている。まるで小悪魔の挑発だ。本気で心配して、こんなに汗だくになった自分がバカみたい。

「美月さん、あなたって人は……」

「死のうと思った」

怒りをぶつけようとして、春花は踏み止《とど》まる。美月はもう笑っていない。

「何を言って……」

「本当は、先生に告白してから死ぬつもりだった。でも、最後の最後まで神様は意地悪だわ。勇気を出してここまで来たのに。先生、いないんだもの！」

きれいに巻いた長い髪と、スカートの裾が風に揺れている。防波堤に手すりなどなく、ふらりと落ちてしまいそうだ。

海には波があり、深い色をしている。

「先生と私は結ばれない運命なの？　もう、死んでしまいたい」

「そんな……」

小さな子どもが駄々をこねているように見える。もしくは悲劇のヒロインか。

「そんなのだめだよ。やめて、美月さん！」

彼女は首を横に振り、涙を零《こぼ》した。

「どうして先生は、あなたを選んだのかな。可愛い子がタイプだって言ったのに、嘘ばっかり」

春花は言葉に詰まる。美月にとっては、もっともな疑問だろう。

「八尋さん。あなた、先生に可愛いって言われたことありますか」

「えっ？」

可愛い――

美月に問われ、あれっと思う。陸人は春花のことを、『素晴らしい』『美しい』『きれいだ』などと、いつも褒《ほ》めてくれる。だけど、『可愛い』と言われた記憶はない。

必死に思い出そうとするが、どうしても無理だった。

今初めて気付いた、衝撃の事実。

返事ができない春花に、美月は「ほら、やっぱり」と、泣き笑いした。

「八尋さんは、ヒトとして見られてないんですよ」

「……どういうこと？」

美月は指で涙を拭《ぬぐ》うと、フッと息をついた。

「先生が好きな海の生き物と同列ってことです。つまり、イルカとかクジラとか、観察と実験の対象として見られてるってこと」

「な……」

「それなら納得ですね。やっと、あなたを選んだ理由が分かりました。恋愛じゃなくて、単なる好奇心ってわけだ」

「あのね、美月さん」

「籍を入れないのは、すぐに別れるつもりだから。好奇心が満たされたら、きっとサヨナラですよ」

「……」

美月は勝手な推測をし、それを語っている。春花が黙ったのは、彼女の説に信憑性《しんぴょうせい》を感じたからではない。異様な執着心と思い込みに、薄ら寒くなったからだ。

観察対象？　実験動物？　それがどうしたと言うのだ——

陸人の真意がどうであれ、与えられる愛情が本物なのは、春花自身がよく知っている。心と身体に、たっぷりと教え込まれている。

春花は彼女から目を逸らさない。アクアマリンに指で触れ、勇気と力を求めた。

(あ、あれは?)

その時、岬の陰から小型船が現われ、港に近付いて来るのが目に入った。船着き場にあった漁船とは形が違う。もしかしたら、陸人が乗る釣り船かもしれない。

春花の視線を追い、美月も船に注目する。

「光栄丸。陸人さんの船だ」

「えっ……先生の?」

春花は目を凝《こ》らし、甲板に立つ人物を確かめた。

船の舳先《へさき》に足をかけ、こちらを見ている背の高い男性。あれは陸人だ。水着姿で、救命胴衣を身に着けている。

防波堤にいるのが春花達だと分かったのか、戸惑った様子ながら、大きく手を振っている。

「さらしなせんせーい!」

美月は甲高い声で叫び、手を振り返した。涙はすっかり消えたようで、元気いっぱい。春花を振り返ると、不敵な笑みを浮かべた。

「八尋さん。私、先生に告白します」

「……」

「先生は真面目な人だから、学生に手を出せないだけ」

美月は春花に近付き、大きな目で覗き込んだ。

「先生だって、可愛いお嫁さんがいいに決まってます。八尋さん、身を引いてください」

「……」

「でないと私、死ぬから」

「何をバカなこと……」

美月の目は勝利を確信している。だけどもう、勝ち負けなんて二の次だった。

「あなたは、自分勝手な思い込みで皆を振り回してる。増岡さんだって、あちこち探し回って本気で心配してたんだよ？　それなのに、生きるとか死ぬとか簡単に言って。命を何だと思ってるの」

春花はここに来るまで不安でいっぱいだった。今だって、いつ美月が海に飛び込むかとハラハラしてる。それなのに、彼女は自らの命をちらつかせ、欲しいものを奪い取ろうとしている。

「あなたは、人の死を分かっていない」

残された者の寂しさや、心細さ、悲しみ。それらを想像できないのは、経験がないからか。それとも、自分本位だからか。どちらともだ、と春花は思う。

「おーい、そんなとこで何やってるんだ。危ないぞ！」

船は防波堤の数十メートル向こうを、遅いスピードで進んで行く。陸人の大声が聞こえ、春花は美月から目を離した。

「先生！」

美月が駆け出し、船に向かって両手を上げる。その時、急に吹き抜けた風に煽《あお》られ、日傘が宙を舞った。

「きゃっ、傘が……」

「美月さん！」

あっと思った時にはもう、彼女は海に落下していた。

「大変……」

美月は浮いたり沈んだりして、もがいている。泳げないのは明白だった。近くに救命用の浮輪が見当たらない。助けを求めようにも、船はまだ遠い。

春花は考えるより先に、海にダイブしていた。

「はるかーっ！」

飛び込むと同時に陸人が叫んだ。これまで聞いたことのない、張り裂けそうな声が耳に届く。

（陸人さん……）

波に翻弄《ほんろう》されながら、美月の背後に泳いで回り、慎重に腕を引いた。

「あぶっ、助け……私、泳げな……」

「落ち着いて、力を抜いて！」

暴れる美月にしがみ付かれないよう、防波堤の壁に誘導する。海の水はぞっとするほど冷たい。落ちたのは防波堤の外側であり、早くしないと、こちらまで溺れてしまう。

「ほら、もう大丈夫だから、ここに掴まって」

彼女を持ち上げ、はしごをよじ登らせた。その時、波が防波堤に打ち寄せ、恐ろしい力で春花は引きはがされる。

「ああっ」

身体が上下逆さまになった。水面《みなも》に出ようとしても衣服が重く、プールと違って波があり、思うように浮上しない。それに、なぜか右脚が自由にならなかった。

(嘘……どうして?)

美月を助けようと飛び込んだのは、泳ぎに自信があったから。でもそれは、間違った行為だと気付かされる。

(苦しいっ)

春花は生まれて初めて、死を意識した。人の死が、どれだけ重い意味を持つのか。知っているからこそ、怖くて堪《たま》らない。

(助けて、陸人さん!)

こっちだ、春花――

手を伸ばした先に、人影が浮かぶ。いつか、遠い昔に聞いたこの声は。

(……お父さん?)

手首を掴まれた。大きくて頼もしくて、どんな時も守ってくれる人。身体の力を抜き、力強く引っ張ってくれるその手に命を委《ゆだ》ねた。

世界が明るくなり、目を開けると眩《まぶ》しい太陽があった。水面に出たのだと分かった。

「春花っ！」

すごい力に押し上げられ、船の甲板に転がる。びっくりするほど大量の水を吐き出し、激しく咳き込んだ。呼吸がうまくできず、胸が苦しい。

「春花、落ち着け。もう大丈夫だ」

私の名を呼び、抱きかかえるのは……

「……お父さん？」

「しっかりしろ、私だよ。君の夫だ」

初めて見る、彼の泣きそうな顔。春花はその頬を撫で、生きた人の温《ぬく》もりを感じる。

「ごめんなさい。私……足がつってしまって、うまく泳げなくて」

「春花」

ぎゅっと抱きしめられた。彼の後ろで、学生達が心配そうに見下ろしている。いつもクールな先生が、感情露《あら》わに取り乱すから、驚いているのだ。

「そうだ、美月さんは？」

彼女のことを急に思い出した。陸人は腕を緩めるが、春花が起きようとするのは制止する。

「大丈夫。港の人が保護してくれた。心配するな」

春花はようやく心から安堵し、あらためて陸人を見つめる。こんな時にときめくなんて不謹慎だ。分かっているけど、どうしようもない。ドキドキする胸を手で押さえる。

（あれ……？）

春花は襟元を覗き、それから身体のあちこちを探した。失ったのだと知り、悲しくなる。

「どこか痛むのか?」

「アクアマリンが……」

彼は眉根を寄せた。それはもちろん、春花を責めているのではない。

「君さえ無事なら、それでいい。何もいらない」

もう一度抱きしめられた。陸人は岸に着くまで離そうとしなかった。

海の音を聞きながら、春花は目を閉じる。瞼《まぶた》の裏に、優しく微笑む父の顔が浮かんだ。


春花は美月とともに病院に運ばれ、手当てと検査を受けた。二人とも幸い怪我もなく、大きな問題も見られない。警察の事情聴取を受けた後、研究施設内の仮眠室でしばらく安静にして、夜には帰宅できることになった。

マンションには、陸人が車で送ってくれるという。今夜はマンションで過ごし、明日千葉に戻るとのこと。フィールドワークを中断させてしまい、申し訳ないと思う反面、春花はホッとしていた。

身体は無事でも、死を感じた恐怖は残っている。一晩でも傍《そば》にいてもらえるのは心強かった。

今は仮眠室で一人、横になっている。窓の夕焼け雲を眺めながら、小さく呟いた。

「美月さん、大丈夫かな」

彼女はずっと泣いていた。病院でも、春花と目を合わせられず俯《うつむ》くばかり。しょげた様子は痛々しくて、声もかけられない。

さっきまで隣に寝ていたが、迎えが来たらしく、先に東京へ帰って行った。

(大丈夫だよね、きっと……)

今になって疲れが出たのか、それとも昨夜の寝不足のせいか、瞼が重くなる。とにかく命があることを感謝しながら、春花は少しだけ眠った。

「春花、ちょっといいか」

外が暗くなった頃、陸人が仮眠室に顔を出した。春花は帰り支度を整え、ロビーに下りるところだった。

「どうしたの?」

陸人は廊下を気にしながら、ドアを閉めた。

「美月君がロビーに来ている」

「えっ……」

「東京に帰ろうとして、途中で引き返したそうだ。君に、謝りたいと言っている」

春花が戸惑っていると、陸人は近くに寄り、頬を優しく撫でてくれた。

「美月君から話を聞いたよ。どうして、こんなことになったのか」

「陸人さん」

済まなそうな表情に、春花は心を痛める。

このままでいいはずがない。それに、面会を断る理由などなく、むしろ彼女と話をするべきだと思う。そうでないとけじめが付けられず、いつまでもわだかまりが残ってしまう。

「美月さんに、会います」

陸人は穏やかに微笑み、踏み出す春花を、そっと支えてくれた。

ロビーに下りると、事務長の田畑が来客用のテーブルで応対していた。彼の向かい側には美月が座り、女性が一人寄り添っている。

「あっ、増岡さん？」

増岡は立ち上がり、春花にお辞儀をした。美月を迎えに来たのは彼女だったのだ。

「美月君と連絡が取れて、慌てて飛んで来たらしい。昨夜も、ずっと捜していたらしいね」

増岡からも話を聞いたのだろう。陸人はもう、何もかも分かっている。

「奥さん、体調はいかがですか？」

田畑は近付いて来ると、Tシャツとジャージ姿の春花を見回す。彼は仮眠室に運び込まれた春花と美月の世話をしてくれた。この着替えも彼が用意したものだ。

今も心から気遣ってくれているのが分かる。事情も話さず迷惑をかけてしまい、春花は申し訳ない気持ちでいっぱいだった。

「田畑さん、すみません。本当にお世話になりました」

「いやいやそんな、僕のことはお気になさらず。回復されて何よりです。さ、先生もこちらに」

田畑は顔の前で手を振ると、二人を促《うなが》した。

美月はソファから立ち上がり、深々と頭を下げる。ハンカチを握りしめ、目は真っ赤だった。

三人はテーブルを挟んで向かい合う。田畑と増岡は離れたところに立ち、見守っている。

「八尋さん。更科先生。今日も……そしてこれまでも、本当にごめんなさい。すみませんでした」

涙声に力はなく、震えている。彼女は今、とても怯《おび》えているようだ。

「私のせいで、八尋さんの命を危険に晒《さら》してしまった。私……どうすればいいのか」

春花は何だか堪《たま》らない気持ちになってきた。今の美月は憐《あわ》れで、誰より孤独に見える。

「美月さん、あの時はもっと適切な救助の仕方があったはずなのに、私も慌ててしまって。そんなふうに、自分を責めないでください」

実際、春花は反省している。救命用の浮輪も、少し離れたところに設置されていた。冷静さが足りず、かえって大ごとになってしまったのだ。

「美月君については、私にも責任がある。学生を教え導く者として、あまりにも配慮に欠けていた。考えが至らぬこと、恥ずかしく思っているよ」

春花に続き陸人にも穏やかな声をかけられ、美月はいたたまれない様子になる。

だけど、ハンカチで瞼《まぶた》を押さえると、顔をこちらに向けた。長い髪は二つに結び、化粧をしていない。素顔の彼女は、少女のように幼い印象だった。

「私、更科先生のことが好きです。でも……私じゃだめなんだって、諦めました。どうして先生が八尋さんを選んだのか、納得したんです」

「美月さん……」

陸人は黙って耳を傾けている。それは、とても素直な告白だった。

「先生は八尋さんが海に飛び込んだ時、大声で名前を叫びましたね。あんな声、初めて聞きました。

それに、船に助け上げてからも、何度も『はるか』って呼んでた。いつもクールで、何があっても冷静な先生が、あんなに取り乱して。まるで、八尋さんが自分の命そのものみたいに必死だった」

美月はそこで唇を結び、春花を見つめた。その瞳は澄みきっている。

「海で溺れかけて、八尋さんが波にさらわれて、すごく怖かった。愛する人が死ぬ。それは、自分の命を失うことだと、分かったんです。私はそんな覚悟もなく、怖さも知らず、ただ先生が好き好きって、バカみたいに……」

美月は笑うけれど、すぐ悲しそうに顔を歪めた。たくさんの感情が溢《あふ》れて、それは涙となって零《こぼ》れ落ちる。ハンカチでごしごし拭《ぬぐ》うと、彼女は懸命に笑顔を作った。

「先生は以前、『可愛い女性が好き』って言われましたね。その意味も理解できたんですよ」

春花はドキッとする。陸人を見れば、落ち着いた態度で答えを聞こうとしていた。まるで、学生が問題を解くのを待つように。

「一般的な意味での『可愛い』じゃなかったんです。ふふ……そうですよね、先生」

「ふむ」

どうやら正解のようだが、わけが分からない。春花は置いてけぼりを食っている。

「八尋さんには先生が説明してください。私、まだそこまで強くなれないから」

美月と増岡はタクシーを呼び、帰って行った。二人を見送った後、春花も陸人の運転する車に乗り、研究施設を後にした。

マンションに到着したのは午後九時頃。陸人が作ってくれたうどんを食べ、風呂を済ませてからベッドで横になった。

三十分ほどウトウトしていると寝室のドアが開き、パジャマに着替えた陸人が、寝返りを打つ春花を覗き込んだ。淡いライトの中、眼鏡を外した彼の美麗な顔が近付く。

「眠れないのか?」

「ううん」

陸人が来ないかなと、待っていた。昨日は彼と連絡が取れず、不安な夜を過ごした。その反動か、今夜は甘えたい気持ちになっている。

でも、ありのまま伝えるのは照れくさくて、微笑むだけにした。

「やっぱり家はいいな。ホッとする」

ノートパソコンをサイドテーブルに置くと、彼はベッドに横たわり春花を抱っこした。胸の広さと温かさに、春花は心からの安堵を覚える。

「陸人さん」

「ん?」

「今日は本当に、ごめんなさい」

陸人は額《ひたい》をくっ付けて、クスッと笑う。優しくて、ちょっとだけ悲しそうに見える笑顔。

「君が海に飛び込み、波に呑まれた時は心臓が凍り付いた。もう、あんな思いはしたくない」

「……ごめんなさい」

温《ぬく》もりを確かめるように彼は抱きしめる。身体中で、互いの鼓動を感じた。

「いや、私がもっと注意して守るべきだった。美月君が私に対して、あんな感情を抱いていたとは」

まったく気が付かなかったと、陸人は悔やんだ。

「だが私は、君が美月君を苦手としていると、それは初めに察していたのだ」

「……あ」

水族館デートで美月に遭遇した日。春花がコンプレックスを刺激されないよう、彼女を遠ざけてくれた。それだけ、顔や態度に苦手意識が表れていたのだ。

「それなのに、もっと突き詰めることができなかった。私は女性の心理に疎《うと》すぎる。それに、言葉も不足しているな」

「違います。陸人さんは悪くないです。私こそ、ちゃんと相談すればよかっ……」

もう何も言わなくていいと、陸人は唇を塞いできた。熱のこもったキスに春花は蕩《とろ》けそうになる。

「ん……りくと、さん」

「そう、私は言葉が足りないのだ。例えば……」

言いにくそうに、それでも思い切ったように彼は教えた。

「君のことを、いつも『可愛い』と感じている。だが、なかなか言葉にできなくて、その場をごまかしてしまうんだ。どうしても、恥ずかしさが先に立つ」

春花は瞬《まばた》きもせず彼に見入った。初めて好きな人に告白する少年のように、真剣そのものの表情だ。彼は今、勇気をふりしぼっている。

（あ、だから……）

一度も『可愛い』と言われたことがなかったのだ。

舞い上がりそうになるが、根本的な疑問が足を引っ張った。

「でも、私は……そんな、可愛いタイプじゃありませんよ」

背が高くて骨太で、男に間違われてしまうような女だ。それは、陸人に比べたら華奢《きゃしゃ》かもしれないけれど、一般的には――

「あれ？」

陸人は目尻を垂らしている。そんな君が愛しくて堪《たま》らないと言いたげに。

「一般的な意味での『可愛い』じゃ……ない？」

「ああ。私にとって『可愛い』はイコール『春花』だ。つまり、春花こそが好みのタイプなんだよ」

「でも、どうしてですか。私のどの辺りが可愛いのか、よく……分かりません」

声が小さくなるのは、コンプレックスのかけらがまだ残っているから。彼に愛され、満たされていても、なかなか消えてくれない。

「春花」

呼びかける声には、愛情がこもっている。氷のかけらなど溶かしてしまいそうに熱い。

「初めて出会ったあの日、私は君に誤解を与えた。最初からストレートに伝えればよかったのに」

「出会った、あの日……？」

――君はまるで、海獣《かいじゅう》のようだ。

春花は思い出した。春花はそれを『怪獣』だと誤解し、傷付いてしまった。

「私にとって海獣……特にイルカは、地球上で最も愛しく、可愛くて仕方のない存在だ。最上級の褒《ほ》め言葉であり、愛の告白だったのだが、ストレートに表現しないから誤解されてしまった」

あの時、陸人は要するに『可愛い』と言いたかったのだ。

「うふっ、ふふふ……」

春花はちょっと可笑《おか》しくなる。やっぱり陸人は変人だ。そしてそんな彼が大好きな自分も、どうかしている。それなのに、こんなに幸せなのはなぜなのか。

「私、陸人さんの魔法にかかったみたい。自分に可愛いところがあるなんて思えなかったけど、もう大丈夫です」

「春花は本当に可愛いよ。どの辺りが可愛いかなど、一つ一つ挙げていけば切りがない。君のすべてだ」

「……すべて？」

「そうだ。しかも、日々発見している」

陸人はサイドテーブルに腕を伸ばし、眼鏡を取り上げる。片手で装着すると、いつものように指で位置を直す仕草をした。

「君を可愛いと感じるたび、こんなふうに照れ隠ししていた。気付かなかっただろう」

「ホントに？」

その仕草は度々見かける。あまり深く考えず、単なる癖だと思っていた。

「私はいつも君に、ときめいているのだよ」

「あ、あの……ありがとうございます」

言葉が足りないと反省したのか、陸人はためらうことなく感情を口にする。しかも、慣れない表現を使って。

春花は何だかいたたまれない。嬉しいはずなのに、ものすごく照れてしまう。視線を逸らすと、意味もなくきょろきょろした。ふと、彼のノートパソコンに目を留める。

「えっと。ところで陸人さん。このノートパソコン、仕事用でもあるんですね」

「ん？　ああ、それか」

陸人もサイドテーブルのパソコンに目を移す。

「いや、私個人の持ち物だ。仕事には使ってないぞ」

「そうなんですか。でも、フィールドワークには持って行きますよね？」

「……君には敵《かな》わないな」

陸人は上半身を起こすと、膝の上にノートパソコンを開き、電源を入れた。スタート画面に切り替わると、彼はタッチパッドで操作する。

枕元の灯《あか》りを点《つ》けて、春花も起き上がった。

「あっ」

ポインタが置かれたファイル名は『実験室』。アイコンはハート型である。

「陸人さん。これって、もしかして」

苦笑する彼に寄り添い、ファイルが開くのをじっと見つめた。おそらくここに、春花についての観察・実験記録が保存されている。

（ついに見せてもらえるんだ。でも確かめるのが怖いような。だって、もしエッチな内容だったら）

しかし、画面に現われたのは予想と違うものだった。びっしりと並ぶ数字や文字ではなく、一枚のグラフ。横軸は日付で、縦軸は数値である。

「分かるか？」

「うーん。ええと……」

一番古い日付は六月五日。二人が新婚生活をスタートさせた日だ。

（一体何の数値だろう。あ、私の体重とか？　いやでも、その辺りは内緒にしてるし）

悩む春花に、陸人はさらりと答えた。

「このグラフは、私の幸福度を表しているのだよ」

「幸福度……えっ、陸人さんのですか？」

それはちょっと意外だった。てっきり、春花についてのグラフだと思っていた。

「つまり、陸人さんの幸せな気持ちを数値化してグラフに？」

「うむ。嬉しい、楽しい、明るいなど、プラスの要素を独自のツールで測定し、それに基づき算出したものだ。予想を上回る結果に驚いている」

春花はあらためてグラフを眺めてみた。測定開始から現在に至るまで、彼の幸福度は最高評価を維持している。

「君と暮らし始めて、私の生活はこんなに満ち足りている。幸せすぎて怖いくらいだよ」

「陸人さん」

きっと、春花の幸福度をグラフにしても同じ結果になる。

陸人が大好きで、毎日ドキドキして落ち着かない。彼もまた、そんな気持ちでいてくれたのだ。クールな外見からは想像もつかない熱情を、彼は持っている。

「そうだったんですか。でも、陸人さん自身が研究対象だなんて意外でした。お見合いの時は私のことを研究したいって言ってたのに」

「ん？　ああ、それはだな……」

彼はなぜか言葉に詰まる。

「それに、毎朝すごい速さで打ち込んでますよね。あれは数字じゃなくて文章では？　このファイルには、文字のデータは見当たりませんが」

「……」

陸人は返事をせず、パソコンを春花から取り上げた。

「あ、あれ？」

指摘してはいけないことだったらしい。彼はパソコンを閉じてサイドテーブルに置くと、春花をピローに押し倒した。一途な眼差しは熱く鋭く、春花はいろんな意味で身体を震わせる。

「り、陸人さん？」

「それは私の極秘ファイルだ。いくら君でも、見せるわけにいかない」

耳まで赤くなる陸人を見上げ、春花は悟った。おそらく彼が打ち込んでいたのは、春花に関する研究論文。それこそが、誰にも言えない人体実験の秘密なのだ。

「わ、分かりました。極秘……なんですね」

今後追及しないと春花は誓う。彼は安堵の息をつき、ミステリアスな笑みを浮かべた。

「言っておくが、私は君の身体のみを研究しているわけではない。愛する妻がどれだけ素晴らしい女性なのかレポートを……」

陸人はハッとした顔になり、横を向いた。

「とにかく、今は内緒だ」

「はい、陸人さん」

一体どんな内容なのかますます気になるけれど、春花は素直に受け入れた。今は内緒――ということは、いつか発表してくれるはず。その日を楽しみに待てばいい。……ちょっと怖い気もするが。

陸人は枕元の灯《あか》りを消した。横たわる彼に抱き寄せられ、春花は再び胸に甘える。

淡いライトに浮かぶのは、幻想的な青い空間。チェストに置かれたイルカのオブジェが、モルディブの海を思わせる。

「さて、そろそろ寝るか。今日は疲れただろう」

「私は平気です。陸人さんこそ、私のせいで東京に戻ることになってしまって……」

「ばかだな」

「え？」

ぎゅっと抱きしめられた。腕だけでなく、脚も絡めて拘束してくる。

（な、何だかこれって、抱き枕……みたいな？）

「こうして春花を抱けば、疲れなぞ吹き飛んでしまう。それどころか、元気がチャージされるんだ」

「そ、そうなんですか？」

「ああ、安心する」

この体勢と今の呟きに、春花はあることを思い出す。顔合わせの日、陸人の両親が話してくれた、イルカのぬいぐるみのエピソード。

――『可愛い、可愛い』って、すごく喜びましてね。

――くっついてると、安心して眠れたのよね。

子どもの頃、毎晩抱っこして寝たという。あの時彼は、春花に聞かれて恥ずかしそうだった。

（陸人さん……）

彼の愛情が伝わってくる。クールで、大人で、素敵な男性。だけどそれだけじゃない。とてつもなく純粋な少年の心を持っている。

「ね、陸人さん」

「うん？」

「あなたが、大好き」

耳元にそっと囁《ささや》いた、大切な気持ち。

彼は蕩《とろ》けるような笑みを浮かべ、返事の代わりに、もう一度強く抱きしめてくれた。

窓に映るのは秋色の景色。春花は通りを眺めながら、紅茶をひと口含んだ。

中学生らしきカップルが、仲良くお喋《しゃべ》りしながら歩いている。少し前なら、胸の痛みを覚えたであろう光景も、今ではただ懐かしい。ようやく大人になり、穏やかに過去を見つめることができる。

ここはミッドビューホテル東京のティールームだ。挙式を明日に控え、春花は陸人とともに最終の打ち合わせに訪れていた。準備はすべて整い、二人でホッとした表情でお茶を囲んでいる。

「結婚式も披露宴《ひろうえん》も、決めることがたくさんありましたね。意外と大変でした」

「そうだな。だが、そのぶん明日が楽しみだ。特に、君の花嫁姿を期待している」

「えっ、私の？　うう……何だかプレッシャーですね」

少し弱気になって言うと、陸人は柔らかに応えた。

「あのドレスは、驚くほど君に似合っている。気高く美しく、清楚な魅力も併《あわ》せ持つ素晴らしいデザインだ。明日の本番が楽しみで仕方ない」

「う、うん。ありがとう」

ティーカップを置くと、春花はちょっとだけ迷って口を閉じ、俯《うつむ》き加減になる。

だけど、きちんと座り直して顔を上げた。

「陸人さん、実はね……」

「ん？」

春花の心は感謝の気持ちで溢《あふ》れている。結婚式を控えた今だからこそ、彼に聞いてほしい。

「以前の私は、お姫様が着るような可愛いドレスに憧れていました。でも今は、私が似合うドレスも素敵だと思うし、大好きになったの」

陸人は優しく見守っている。愛する女性を包み込む、大らかな眼差しに春花はきゅんとする。

「長身も、体格のよさも、コンプレックスなんかじゃない。これは父からもらった大切な宝物。そう気付かせてくれたのは陸人さん、あなたです。どんな私でも好きだと言ってくれるあなたのおかげで、私はいつの間にか自分を肯定し、愛するようになっていました」

春花の目は潤《うる》んでいる。彼の優しさに甘えすぎだと分かっていても、涙が滲《にじ》んでしまう。

「ごめんなさい」

バッグからハンカチを取り出す前に、彼が差し出してくれる。大判の男性用ハンカチは、石鹸の香りがした。

「怒らないでくださいね」

「何だ？」

「陸人さんって、お父さんみたい」

陸人は目を見開き、そして笑った。その微笑みは、遺影の父を思い出させる。

「母や聡子さんも、陸人さんは私の父と似たところがあるって」

「それは光栄だな」

陸人は立ち上がると、テーブルを回り込んで傍《そば》に来る。春花はそっと手を取られ、彼の温《ぬく》もりに導かれるまま、ティールームを後にした。

十一月の街は、早くもクリスマスの装飾がなされ、賑《にぎ》やかに華やいでいる。風は冬の匂いがした。

二人は手を繋いで、寄り添い歩いた。

「君のお父さんは、とても子煩悩《こぼんのう》な人だったと、お母さんから聞いたよ」

「はい」

「あと、こんな話も教えてもらった。家族の名前について」

「家族の……名前？」

交差点で立ち止まり、陸人を見上げる。彼は目を細めると、丁寧に言葉を紡《つむ》いだ。

「お父さんは、君のことをとても大切にしていた。将来についても、よくお母さんと語り合ったそうだ。娘はいつか親元を離れ、愛する人に嫁ぐだろう。その時は笑顔で見送ると、覚悟を決めている。だが、夫となる人に託すまで、春花は俺の娘だ。八尋春花なのだ……と」

「その話、初めて聞きます」

春花は驚いている。父について、母が自分に話していないことがあるなんて。しかも、それを陸人が知っているとは。

信号が青に変わり、歩行者が横断歩道を渡り始める。春花も陸人に手を引かれ、進んで行く。

「結婚式を挙げて、神様に永遠の愛を誓う。その瞬間まで八尋春花でいてほしい。名前にはそれだけの重みがあるのだと、お父さんは拘《こだわ》っていた」

「お父さんが、そんなことを……」

苗字が変われば、八尋春花ではなくなる。親子であるのは違いなくとも、それは巣立ちを象徴している。春花は今、ようやく解ることができた。

「だから、陸人さんは籍を入れずにいたのですね」

「小さな君を残し、お父さんは逝《い》ってしまわれた。さぞ無念だったと思う。だからこそ望みを叶えたかった。それは、私の我《わ》が儘《まま》をすべて許してくれたお母さんの、たった一つの願いでもあったのだよ」

母は結婚に関するすべてを陸人に任せ、彼のマンションで同棲することも許してくれた。おっとりと微笑む母を思い浮かべ、春花はまた涙ぐむ。

「ありがとう、陸人さん。父と母のために……それに、私に気を遣わせないように黙って……」

「春花」

陸人は手を離し、肩を抱いた。冷たい風が吹き抜けようと、春花は温かく護《まも》られている。幸せすぎて、どうしようもない。拭《ぬぐ》っても、拭っても、涙が止まらなかった。

「今夜はゆっくりと眠ろう。明日のために」

頷く春花を、大きな愛情が包んでくれた。


十一月二十七日――

澄み渡る青空の下、更科陸人と八尋春花の結婚式が執《と》り行われる。

ミッドビューホテル東京の花嫁控室には、ウエディングドレスを纏《まと》う春花を中心に、笑顔が集まっていた。

「本当にきれいよ、春花ちゃん。ああ、この晴れ姿を武志さんに見せたかった」

聡子はハンカチで目尻を押さえた。

「大丈夫、あの人はちゃんと見ていてくれる。ほら、これ」

春花の母は留袖の襟元から一枚の写真を取り出す。

「あらっ、まあ。そうだったの。うう……よかったねえ、春花ちゃん」

父武志の写真である。

春花は今日、バージンロードを母と歩く。父も一緒にと、母が胸に抱いて来たのだ。

「あなた達親子がこの日を迎えられて、私はようやく安心した。しかも、春花ちゃんが更科先生のような素晴らしい男性に嫁ぐことになって、本当に嬉しい！」

陸人と縁を結べたのも、聡子のおかげである。春花はあらためてお礼を言った。

「そうだ、大事なことを忘れてた。伝言を頼まれてたんだ」

「伝言？」

「明都大学国際学部の、美月江梨香さんから」

春花はハッとして、聡子を見返す。彼女はバッグから一枚のカードを取り出すと、それを伝えた。

「『更科先生。春花さん。ご結婚おめでとうございます。新しい人生のスタートですね。お二人で力を合わせ、愛情豊かな家庭を築かれることと思います。末永いお幸せを心よりお祈りいたします。――美月江梨香』」

それは予期せぬお祝いだった。だけど、これほど嬉しいメッセージはない。

「電報の例文みたいでしょ。直接言えばいいのにってアドバイスしたんだけど」

聡子は苦笑するが、春花はジンと感動した。美月が一生懸命に言葉を選び、気持ちを伝えようとする姿が目に浮かぶ。

海での出来事を聞いて、母と聡子は驚いていた。特に聡子は怒り心頭だったが、美月が猛省するのを見て、今では親しく声をかけているらしい。

「美月さんは一か月の謹慎の後、自主退学を申し出たのよね。でも、学部の教授や担任教員に説得されて学生生活を続けてるわ。生まれ変わったみたいに勉学に励んでいるそうよ」

そのことは、陸人から聞いていた。彼は学生を指導する者として、美月を応援している。

「カードは先生に渡しておくね」

「ありがとう、聡子さん」

「さてと、式まであと二十分だわ。ほらほら、お友達と一緒に写真を撮ってあげる」

高校、大学時代の友人が周りに集まっていた。華やかな笑顔に囲まれ、春花はカメラに納まる。

最後に遠慮がちに近付いて来たのは理子だった。

「八尋さん、ご結婚おめでとうございます」

かしこまった態度で、ぺこりとお辞儀する。ドレッシーな服装で、少し照れくさそうな顔だ。

「ありがとう、理子」

思えば彼女にも世話になった。理系男子との恋の進め方を相談し、背中を押してもらったこともある。

「それにしても、新郎側の招待客はいかにも理系な雰囲気だね。そうそう、有名な教授を見かけたよ。後でサインをもらおうかなー。ふふふ……」

「理子ったら」

写真を撮っていると、寺内とスタッフが迎えに来た。いよいよ式が始まるのだ。

陸人は先に準備に入っている。花婿となった彼に会えると思うと、春花は急に緊張してきた。


秋色に染まる庭園は静かで、気持ちを厳《おごそ》かにさせる。

春花は母に手を取られ、式の始まりを待った。

「お母さん」

春花の声は震えている。小さく深呼吸すると、心配そうに見上げる母を、感謝を込めて見つめた。

「何？　どうしたの」

「今まで、ありがとうございました」

「春花……」

今朝からずっと言おうとしていた。だけど泣いてしまいそうで、なかなか口にできずにいた。

「私からも、ありがとう。あなたがいてくれたから、頑張れたのよ」

チャペルの扉が開き、オルガンのメロディーが流れ出る。母に励まされ、春花は前を向いた。

母の温《ぬく》もりとともに、父の存在も感じている。

明るく差し込む光線。

祭壇の前に立ち、花嫁を待っているのはタキシードを身に着けた彼。列席者が見守る中、春花は静かに美しく、バージンロードを進み行く。

(陸人さん……)

凛々《りり》しくも穏やかな佇《たたず》まい。優しい眼差し。眩《まぶ》しくて、涙が出そうになる。

彼に出会うまで、後ろを向いていじけていた。自分には女の幸せなど訪れない。夢など叶えられないと、俯《うつむ》いていたのだ。

だけど今、顔をまっすぐに上げて、春花は春花のままで歩くことができる。

一歩一歩、大切な道のりを経て、彼のもとに辿り着いた。

母、そして父から新郎へと、娘は託される。溢《あふ》れる光の中で、陸人は春花を迎えた。

(春花)

甘くて低い彼の呼びかけが、胸の奥に響いてくる。

指輪の交換。キャンドルに火を点し、神父様の話に耳を傾ける。そして、誓いのキス――

結婚が宣言され、二人はここに夫婦となった。


――おめでとう。


互いを見つめ、感動を分かち合う。きっと陸人にも、天《そら》からの声が聞こえている。

「春花。君は誰より美しく、誰より可愛い私の花嫁だ」

「陸人さん」

幼い頃、春花は夢見ていた。

大きくなったら、可愛いお嫁さんになることを。

優しくて、頼りになる男の人と結婚して、ずっとずっと幸せに暮らすことを。

チャペルの鐘が鳴り響き、二人を祝福する。

夢を叶えた花嫁は、愛する人と寄り添い、幸せに微笑んだ――

二十四歳の誕生日に、花嫁修業としてお茶を習うよう母から命じられた織江。
しぶしぶお稽古先に向かうと、そこには和服姿のイケメン男性が…!
この人が先生!? と驚く織江だったが、さらに先生が結婚前提の付き合いを迫ってきて…!?

B6判　定価:640円+税　ISBN 978-4-434-21270-3

# EB エタニティ文庫

装丁イラスト／蒼ノ

エタニティ文庫・赤

## 星月夜の恋人

藤谷 郁

画材メーカーで働く未央《みお》は、仕事先でセクハラにあって大ピンチのところを、大手広告代理店のイケメン営業マン、俊一に助けられた。素敵さにひと目惚れするも、エリートの彼は雲の上の人。この恋、叶うわけがない……。あきらめていた未央だったが、なんと、とある画廊で彼と再会！　しかも、その場で彼に自宅に誘われて⁉

---

装丁イラスト／澄

エタニティ文庫・赤

## 私好みの貴方でございます。

藤谷 郁

24 歳の誕生日に突然、花嫁修業としてお茶とお花を習うよう母から命じられた織江。しぶしぶお稽古先に向かうと、そこには想定外のイケメンが。この人が先生⁉　と驚く彼女を、さらなる衝撃がおそう。なんとその先生が、結婚前提の付き合いを迫ってきたのだ。奥手な織江の、ドキドキお稽古生活が始まった！

---

※エタニティブックスは大人の女性のための恋愛小説レーベルです。ロゴマークの色で性描写の有無を判断することができます（赤・一定以上の性描写あり、ロゼ・性描写あり、白・性描写なし）。

詳しくは公式サイトにてご確認ください。
http://www.eternity-books.com/

携帯サイトはこちらから！

**藤谷郁（ふじたにいく）**
愛知県在住。2009 年より web に創作小説を公開。趣味は小旅行。

HP「ふじたに創作小説集」
http://fujitaninv.sakura.ne.jp/index.html

**イラスト：千川なつみ**

スイートホームは実験室《じっけんしつ》!?

藤谷郁（ふじたにいく）

2016年 1 月 31日初版発行

編集－城間順子・羽藤瞳
編集長－塙綾子
発行者－梶本雄介
発行所－株式会社アルファポリス
〒150-6005 東京都渋谷区恵比寿4-20-3 恵比寿ｶﾞｰﾃﾞﾝﾌﾟﾚｲｽﾀﾜｰ5F
TEL 03-6277-1601（営業） 03-6277-1602（編集）
URL http://www.alphapolis.co.jp/
発売元－株式会社星雲社
〒112-0012東京都文京区大塚3-21-10
TEL 03-3947-1021
装丁イラスト－千川なつみ
装丁デザイン－ansyyqdesign
印刷－大日本印刷株式会社

価格はカバーに表示されてあります。
落丁乱丁の場合はアルファポリスまでご連絡ください。
送料は小社負担でお取り替えします。

ISBN978-4-434-21585-8 C0093